세 마리 토끼 잡는

초등 독해력

E1

초등 5-1

NE 능률

이 책을 쓴 분들_

강영주(지에밥 창작연구소 대표, 작가, 〈세 마리 토끼 잡는 독서 논술〉 대표 필자)
김경선(작가, 〈세 마리 토끼 잡는 독서 논술〉 집필)
한화주(작가, 〈세 마리 토끼 잡는 독서 논술〉 집필)
한현주(작가, 〈세 마리 토끼 잡는 독서 논술〉 집필)
이현정(작가, 〈세 마리 토끼 잡는 독서 논술〉 집필)

이 책을 만든 분들_

박지영(작가, 기획 편집자), 채현애(기획 편집자), 박정의(기획 편집자),
권정희(기획 편집자), 지은혜(기획 편집자), 강영주(작가, 기획 편집자)

세 마리 토끼 잡는 초등 독해력 E단계 1권

개정판 1쇄: 2022년 7월 1일
총괄 김진홍 | **기획 및 편집** 지에밥 창작연구소 | **연구원** 김지현, 김지연, 이자원, 박수희 | **펴낸이** 주민홍 | **펴낸곳** ㈜NE능률 | **디자인** 장현순, 윤혜민 | **그림** 우지현, 김잔디, 안지선, 김정진, 윤유리, 이덕진, 이창섭, 고수경, 장여회, 김규준, 김석류 | **영업** 한기영, 박인규, 이경구, 정철교, 김남준, 김남형, 이우현 | **마케팅** 박혜선, 이지원, 김여진 | **주소** 서울특별시 마포구 월드컵북로 396(상암동) 누리꿈스퀘어 비즈니스타워 10층 (우편번호 03925) | **전화** (02)2014-7114 | **팩스** (02)3142-0356 | **홈페이지** www.nebooks.co.kr | **ISBN** 979-11-253-3973-1 | 979-11-253-3978-6 (set)

제조년월 2022년 7월 제조사명 ㈜NE능률 제조국 대한민국 사용연령 12~13세(초등 5학년 수준)

〈세 마리 토끼 잡는 초등 독해력〉을 펴내며

독해 실력을 키워서 공부 능력자가 되어 보세요!

요즘 우리 아이들, 공부할 것이 참 많습니다. 국어, 영어, 수학, 과학, 사회, 예체능 어느 것 하나 소홀히 할 수 없지요. 그런데 **이런 교과 공부를 할 때 가장 기본이 되는 것은 설명하는 내용이 무엇인지 아는 것입니다.**

특히 학교 공부를 처음 시작하는 초등학생에게 글을 읽고 이해하는 일은 무엇보다 중요합니다. 즉, **독해는 도구 과목인 국어를 포함한 모든 과목에서 공부의 시작이자 끝이라고 할 수 있지요.** 초등학교 때 독해를 소홀히 하다 보면 중·고등학교에 가서 교과서를 읽으면서도 그 내용을 이해하지 못하는 일이 생기기도 합니다.

그런데 **독해력은 열심히 책만 읽는다고 해서 단기간에 키워지는 것이 아닙니다.** 꾸준히 글을 읽고 이해하는 연습을 지속적으로 해야 비로소 실력이 생겨나는 것이지요. 그러므로 독해 연습은 단계적이고 체계적으로 하는 것이 중요합니다.

〈세 마리 토끼 잡는 초등 독해력〉은 이 중요한 독해의 방법을 제시하기 위해 기획된 시리즈입니다. 이 시리즈의 구성 원리는 다음과 같습니다.

1. 초등학생이 교과를 이해하는 데 필요한 독해의 전 과정을 담는다

교과의 기본이 되는 글의 내용을 쉽게 이해하는 **사실 독해**로 시작하여 글 속에 숨은 뜻을 짐작하고 비판하는 **추론 독해**, 읽은 것을 발전시켜서 창의적으로 문제를 해결하는 **문제해결 독해**로 이어지는 독해의 전 과정을 체계적으로 담았습니다.

2. 다양한 독해 활동을 통해 독해를 쉽고 재미있게 학습하도록 구성한다

독해의 원리에 흥미롭게 다가갈 수 있도록 **주제 활동, 유형 연습, 실전 학습** 등을 다양하게 단계적으로 구성하였습니다. 이때 글과 쉽게 친해질 수 있도록 동화, 역사, 사회, 과학, 예술 분야의 전문 필진과 초등 교육 과정 전문 선생님들이 함께 노력을 기울였습니다. 이 밖에도 독해의 배경지식이 되는 어휘, 속담, 문법, 독서 방법 등의 읽을거리를 충분히 실었습니다.

〈세 마리 토끼 잡는 초등 독해력〉을 통해 토끼처럼 귀여운 우리 아이들이 **독해 자신감, 공부 자신감**을 얻어서 최고의 **독해 능력자**가 되기를 기대하며 응원하겠습니다.

세 마리 토끼 잡는 초등 독해력 은 어떤 책인가요?

1 독해의 세 가지 원리를 한번에 잡는 책

독해는 글을 읽고 뜻을 이해하는 것입니다. 이때 뜻을 이해한다는 것은 글에 드러난 정보나 주제뿐 아니라 숨어 있는 글쓴이의 의도나 생략된 내용을 짐작하고 읽는 사람의 생각과 느낌을 고려한 표현까지 이해하는 것입니다. 〈세 마리 토끼 잡는 초등 독해력〉은 사실 독해, 추론 독해, 문제해결 독해로 이어지는 독해의 원리를 단계적으로 키워서 독해 능력을 한번에 완성하도록 도와줍니다.

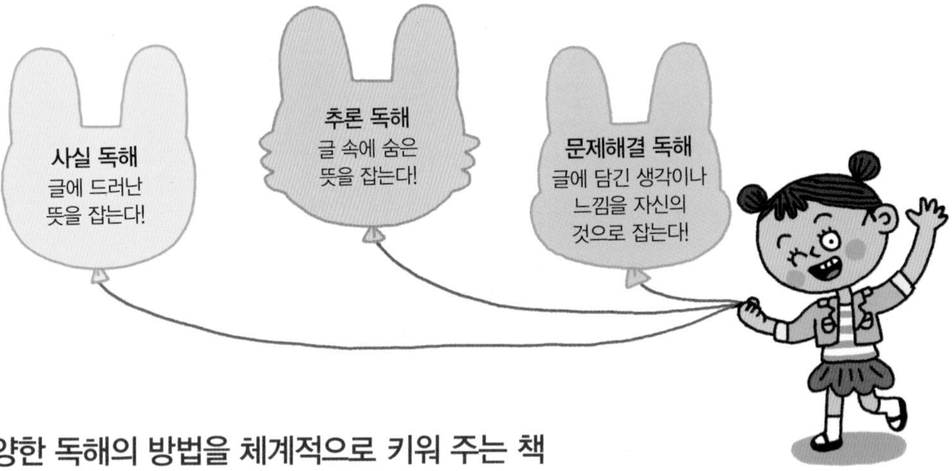

2 다양한 독해의 방법을 체계적으로 키워 주는 책

설명문, 논설문과 같은 글을 읽을 때와 시, 소설을 읽을 때는 글의 내용을 이해하는 방법이 조금 다릅니다. 비문학적인 글을 읽을 때에는 글에 나타난 정보나 사실을 이해하여 주제나 중심 생각을 파악해야 합니다. 그리고 문학적인 글을 읽을 때에는 주제뿐 아니라 글 속에 숨은 의미와 분위기, 표현 방법을 살펴서 글쓴이의 의도를 미루어 짐작하고 그에 대한 나의 생각이나 느낌도 표현할 수 있어야 합니다. 〈세 마리 토끼 잡는 초등 독해력〉은 독해 개념부터 유형 연습, 실전 문제에 이르기까지 독해의 다양한 방법을 체계적으로 키워 줍니다.

3 다양한 교과 관련 배경지식을 키워 주는 책

글을 읽을 때는 낱말이나 문장을 과목에 따라 다르게 해석해야 하는 경우가 있습니다. 국어 과목에서는 동요의 노랫말처럼 '달'을 보고 '토끼가 떡방아를 찧는 것 같다'고 표현하는가 하면 과학 과목에서는 '아무도 살지 않는 지구 주위를 돌고 있는 위성' 혹은 '지구와 가장 가까운 천체'로 보기도 합니다. 〈세 마리 토끼 잡는 초등 독해력〉은 과목에 따라 다른 의미로 해석되는 다양한 영역의 글을 수록하여 도구 과목인 국어 과목뿐 아니라 사회, 과학, 예체능 등 다양한 교과 공부에 도움을 주는 배경지식을 키울 수 있습니다.

4 다원적 사고 능력을 열어 주는 책

독해력은 글의 내용을 이해·감상하고 자신의 관점으로 비판하며 창의적으로 표현하는 능력을 갖추는 고차원의 사고 능력입니다. 특히 서술형과 같은 문제 유형으로 자신의 생각을 창의적으로 표현해야 하는 경우에는 이와 같은 능력이 더욱 요구됩니다. 〈세 마리 토끼 잡는 초등 독해력〉은 독해력을 구성하는 이해력, 구조 파악 능력, 어휘력, 추리·상상적 사고 능력, 비판적 사고 능력, 문제 해결 능력 등 다원적 사고 능력을 골고루 계발하여 어떠한 문제 상황도 너끈히 해결할 수 있도록 도와줍니다.

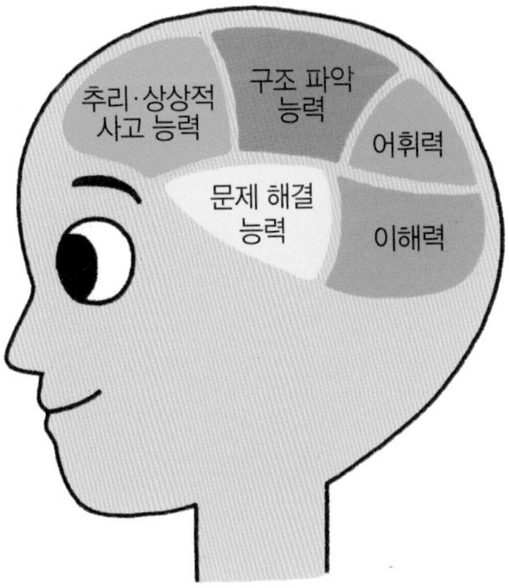

세 마리 토끼 잡는 초등 독해력 은 어떻게 이루어져 있나요?

1 전체 구성

〈세 마리 토끼 잡는 초등 독해력〉은 학년과 학기의 난이도에 따라 6단계 12권으로 이루어져 있습니다. 이 책은 각 학년과 학기의 학습 목표에 맞는 독해 주제를 단계적으로 구성하였으므로, 그에 맞게 선택해서 공부할 수 있습니다. 하지만 학습자의 독해 능력에 맞게 단계를 조정하여 선택하면 더욱 효과적입니다.

단계	A단계		B단계		C단계		D단계		E단계		F단계	
권 수	2권		2권		2권		2권		2권		2권	
단계 이름	A1	A2	B1	B2	C1	C2	D1	D2	E1	E2	F1	F2
학년-학기	1-1	1-2	2-1	2-2	3-1	3-2	4-1	4-2	5-1	5-2	6-1	6-2
학습일	각 권 20일											
1일 분량	매일 6쪽											

2 권 구성

〈세 마리 토끼 잡는 초등 독해력〉 한 권은 학습 내용에 따라 PART1, PART2, PART3으로 나누어져 있습니다. 학년별 난이도에 따라 각 PART의 분량이 다릅니다.

PART 1 사실 독해 (1~2주 분량)

독해에서 가장 기본이 되는 부분으로, 글에 나타난 정보나 사실을 확인하는 내용을 주로 담고 있습니다. 이 부분에서는 글에서 정보를 찾아보고, 이를 바탕으로 중심 내용과 주제, 글의 구조와 전개 방식을 파악하며 읽는 방법을 배웁니다. 이 부분은 독해를 처음 접하는 저학년일수록 분량이 많고, 고학년으로 갈수록 분량이 줄어듭니다.

단계별 구성(저학년은 분량이 많고, 고학년은 분량이 적습니다. A~C단계: 2주분 / D~F단계: 1주분)

A단계	B단계	C단계	D단계	E단계	F단계
					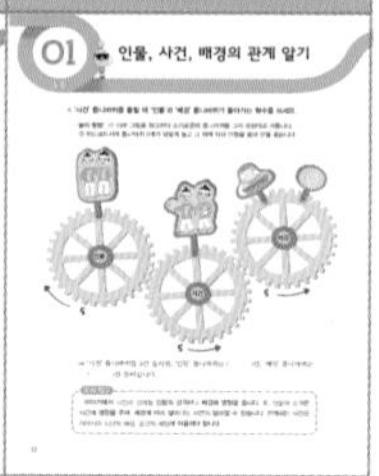
글자, 낱말, 문장 알기	마음을 나타내는 말 알기	설명하는 글을 읽은 경험 찾기	생각이나 느낌이 다른 까닭 알기	기행문의 특성 알기	인물, 사건, 배경의 관계 알기

PART 2 추론 독해 (1~2주 분량)

독해 능력이 발전하는 부분으로, 글에 드러난 것을 파악하는 것을 뛰어넘어 글에 숨겨진 뜻을 짐작하고 비판하는 내용을 담았습니다. 이 부분에서는 글에 나타난 정보를 짐작해 보고 생략된 내용이나 숨겨진 주제, 글을 쓴 목적을 찾아보며 글을 읽는 방법을 익힙니다. 그리고 글에 드러난 관점이나 글쓴이의 주장과 근거, 표현 방법 등을 비판하며 읽는 방법도 배웁니다. 이 부분은 저학년일수록 분량이 적고, 고학년으로 갈수록 분량이 늘어납니다.

단계별 구성(저학년은 분량이 적고 고학년은 분량이 많습니다. A~C단계: 1주분/ D~F단계: 2주분)

A단계	B단계	C단계	D단계	E단계	F단계
	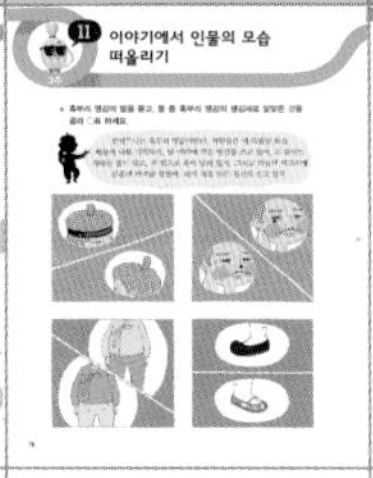	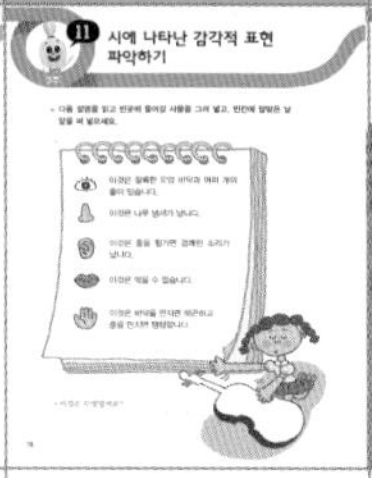	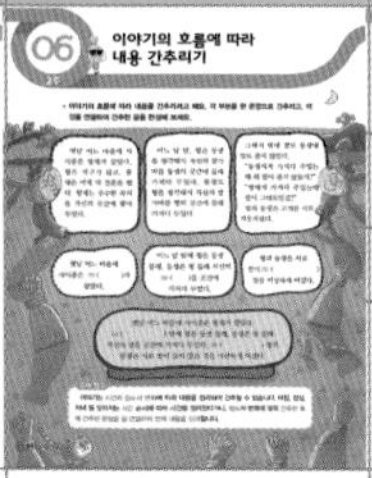		
그림을 보고 내용 짐작하기	이야기에서 인물의 모습 떠올리기	시에 나타난 감각적 표현 파악하기	이야기의 흐름에 따라 내용 간추리기	글의 구조를 생각하며 요약하기	이야기의 구조 이해하기

PART 3 문제해결 독해 (1주 분량)

글의 내용을 자신의 상황에 창의적으로 적용하는 고차원적 독해 능력을 키우는 부분입니다. 이 부분에서는 글에서 감동적인 부분을 찾아 글쓴이의 마음에 공감하고, 글을 읽고 난 감동을 표현하며 읽습니다. 글에 나타난 다양한 문제 상황과 해결 방법을 나의 생활에 적용하며 창의적으로 읽는 방법을 배웁니다.

단계별 구성(저학년과 고학년 같은 분량입니다. A~F단계: 1주분)

A단계	B단계	C단계	D단계	E단계	F단계
			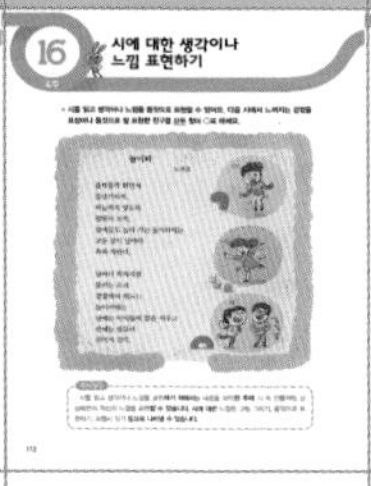		
이야기를 읽고 느낌 표현하기	시 속 인물의 마음 상상하기	원인과 결과를 생각하며 이야기 꾸미기	시에 대한 생각이나 느낌 표현하기	글을 읽고 문제 상황에 알맞은 의견 마련하기	인물이 추구하는 가치와 자신의 삶 관련짓기

세 마리 토끼 잡는 초등 독해력 1일 학습은 어떻게 짜여 있나요?

개념 활동 재미있게 활동하며 독해의 원리를 익힙니다 (2쪽)

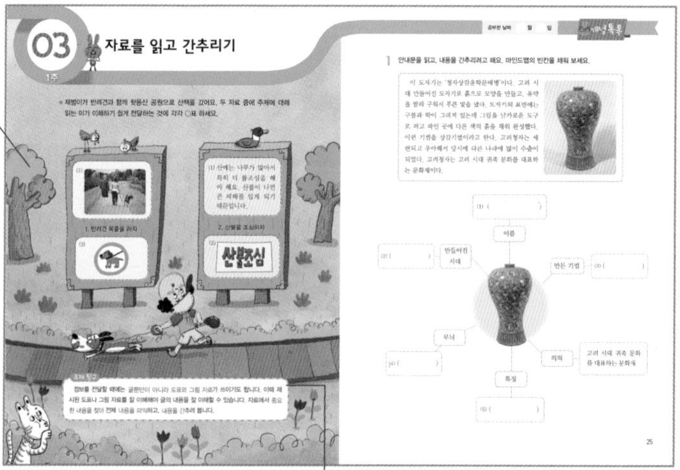

개념 활동

매일 익힐 독해의 개념을 재미있는 활동과 간단한 문제로 알아볼 수 있습니다. 퀴즈, 미로 찾기, 색칠하기, 사다리 타기, 만들기 등 다양하고 재미있는 활동을 통해 독해의 원리를 입체적으로 배울 수 있습니다.

주제 탐구

개념 활동을 하며 살펴본 독해의 원리로 학습 주제를 살펴볼 수 있습니다. 이곳에서 앞으로 공부할 주제를 한눈에 확인할 수 있습니다.

독해력 활짝 짧은 글로 유형을 연습하며 독해력을 넓힙니다 (2쪽)

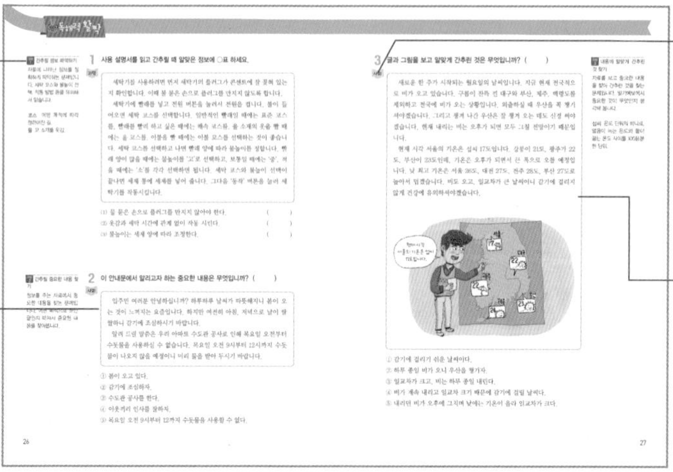

유형 설명

주제와 관련된 여러 유형을 나누어 핵심 평가 요소를 확인합니다.

유형 문제 연습

다양한 유형을 익힐 수 있는 독해 문제가 제시되어 있습니다.

관련 교과명

지문과 관련된 교과명이 표시되어 있습니다.

짧은 글 독해

유형과 관련 있는 짧은 글을 읽으며 문제의 출제 의도를 파악합니다.

독해력 쑥쑥 긴 글로 실전 문제를 풀며 독해력을 키웁니다 (2쪽)

글의 개관

글의 종류, 특징, 중심 내용, 낱말 풀이 등으로 글에 대한 이해를 돕습니다.

긴 글 독해

시, 동화, 소설, 편지, 일기, 설명문, 논설문 등 다양한 갈래의 글이 수록되어 있습니다.

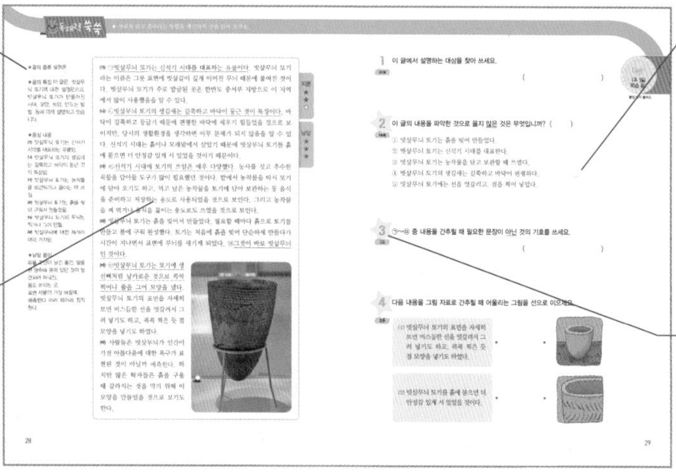

실전 문제

이해, 구조, 어휘, 추론, 비판, 문제해결 등과 관련된 다양한 실전 문제가 수록되어 있습니다.

핵심 문제

해당 주제의 핵심 문제는 노란색 별로 표시되어 있습니다.

독해 플러스 독해력을 돕는 배경지식을 알아봅니다

한 주 동안의 학습을 마무리하면서 독해와 관련된 배경지식을 살펴봅니다. 어휘, 속담, 고사성어, 문법, 독서의 방법 등 독해에 꼭 필요한 내용을 재미있는 만화를 통해 익히고, 간단한 문제로 확인해 봅니다.

세 마리 토끼 잡는 초등 독해력 이렇게 공부해요

1 매일매일 꾸준히 공부해요

〈세 마리 토끼 잡는 초등 독해력〉은 매일 6쪽씩 꾸준히 공부하는 책이에요. 재미있는 개념 활동으로 시작해서 학교 시험에 도움되는 실전 문제에 이르기까지 지루하지 않게 공부할 수 있지요. 공부가 끝나면 '○주 ○일 학습 끝!' 붙임 딱지를 붙여 보세요.

2 지문에 실린 책이나 교과서를 찾아 읽어 보아요

하루 공부를 마치고 나면, 본문 지문에 나온 책이나 교과서를 찾아 읽어 보세요. 본문에는 책의 전권을 싣기 힘들기 때문에 가장 대표적인 부분을 발췌했기 때문이지요. 본문을 읽다 보면 뒷이야기가 궁금해지거나 교과 내용이 궁금해져서 자연스럽게 찾아 읽게 될 거예요. 이 과정을 거듭하다 보면 독해 능력자가 될 수 있답니다.

3 지문에 실린 모르는 내용을 사전이나 인터넷을 찾아 읽어 보아요

독해 지문이 술술 읽히지 않는다면 낱말이나 문장을 이해하지 못하는 것입니다. 모르는 낱말이나 어구, 관용 표현 등을 국어사전으로 찾아보고, 비슷한말로 바꾸어 보며 내용을 온전히 자신의 것으로 만들어 보세요. 그리고 더 알고 싶은 것은 책이나 인터넷 백과사전을 검색하며 깊이 있게 공부해 보세요.

한 주 학습표

월	화	수	목	금	토
매일 6쪽씩 학습하고, '○주 ○일 학습 끝!' 붙임 딱지 붙이기					주요 내용 복습하기

세 마리 토끼 잡는 초등 독해력

E1 초등 5-1

주	일차	유형	독해 주제	교과 연계 내용
1주	1	PART1 (사실 독해)	기행문의 특성 알기	[사회 5-2] 나라를 되찾으려는 다양한 노력 알기
	2		글의 종류에 따라 읽는 방법 알기	[과학 5-1] 다양한 생물이 우리 생활에 미치는 영향 알기
	3		설명하는 방법 알기 (1) – 비교와 대조	[음악 5학년] 국악기를 활용하여 노래 부르기
	4		설명하는 방법 알기 (2) – 분석과 분류	[사회 5-1] 고구려와 백제의 문화유산 알아보기
	5		설명하는 방법 알기 (3) – 열거와 인과	[과학 3-2] 물에 사는 동물의 특징 알기
2주	6	PART2 (추론 독해)	글의 구조를 생각하며 요약하기	[사회 6-2] 세계 여러 나라 사람들의 다양한 생활 모습 살펴보기
	7		글쓴이의 경험 다발 짓기	[국어 5-1] 내용을 조직하는 방법 알기
	8		글쓴이의 주장 파악하기	[사회 6-1] 경제 성장 과정에서 나타난 문제점과 해결 노력 알기
	9		근거의 적절성 파악하기	[사회 6-2] 환경을 생각하는 생산과 소비 알기
	10		일상생활의 경험이 드러난 글 읽기	[국어 5-1] 경험을 이야기로 표현하는 방법 알기
3주	11		경험을 떠올리며 시 읽기	[국어 5-1] 경험을 떠올리며 시 감상하기
	12		경험을 떠올리며 이야기 읽기	[국어 5-1] 경험을 떠올리며 이야기 읽기
	13		겪은 일을 떠올리며 글 읽기	[사회 3-2] 옛날의 세시 풍속 알기
	14		낱말의 뜻을 짐작하며 읽기	[사회 6-2] 문화적 편견과 차별이 없는 미래를 만들기 위한 노력 알아보기
	15		아는 지식을 활용해 글 읽기	[과학 5-1] 태양계를 구성하는 행성 조사하기
4주	16	PART3 (문제해결 독해)	글을 읽고 문제 상황에 알맞은 의견 마련하기	[국어 5-1] 토의 주제를 파악하고 의견 나누기
	17		경험을 떠올려 시 바꾸어 쓰기	[국어 5-1] 경험을 떠올려 시 쓰기
	18		설명하는 글의 내용 조직하기	[사회 5-2] 유교 질서를 바탕으로 한 사회 모습 알아보기
	19		기행문의 짜임 조직하기	[국어 5-1] 여정, 견문, 감상이 드러나게 기행문 쓰기
	20		인물의 성격 표현하기	[국어 5-1] 경험을 이야기로 쓰는 방법 알기

PART 1

사실 독해

글에 드러난 정보를 찾아보고 이를 바탕으로 중심 내용과 주제,
글의 구조와 전개 방식 등을 파악하며 읽는 방법을 배워요.

contents

01 1주

기행문의 특성 알기

★ 기행문에 대한 설명으로 알맞은 것을 골라 길을 찾아보세요.

주제 탐구

기행문은 여행을 한 경험을 쓴 글입니다. 기행문에는 여정, 견문, 감상 세 가지가 들어가야 합니다. 여정은 여행을 한 과정이고, 견문은 여행을 하면서 보거나 들은 것입니다. 감상은 여행을 하면서 느끼거나 생각한 것입니다.

1 이 글에서 글쓴이가 방문한 장소를 차례대로 쓰세요.

그토록 궁금했던 부산 자갈치 시장에 드디어 도착했다. 유명한 시장답게 여러 종류의 해산물이 다 모여 있었다. 처음 보는 신기한 생선들도 있었다. 우리 가족은 시장을 돌아다니며 구경을 하다가 식당에 들러 점심을 먹었다.

그다음 우리가 간 곳은 태종대였다. 태종대는 뛰어난 절경 때문에 관광객들이 끊이지 않는 명소라고 하였다.

( ) ➡ ( )

2 다음을 읽고 견문이 드러나 있으면 '견문', 감상이 드러나 있으면 '감상'에 ○표 하세요.

(1) 석굴암의 부처님은 차갑고 딱딱한 돌로 만들었는데도, 마치 살아 있는 것처럼 온기가 느껴졌다. — 견문 / 감상

(2) 해인사 장경판전은 팔만대장경을 보관하기 위해 만든 건물로, 유네스코 세계 문화유산으로 지정되어 있다고 한다. — 견문 / 감상

(3) 사방으로 탁 트인 경치에 힘들었던 마음이 한순간에 사라졌다. 어디를 보아도 아름다운 꽃이 피어 있어 눈이 즐거웠다. — 견문 / 감상

(4) 특별 전시관에서 신라 금관을 눈으로 보니 놀라서 입이 절로 벌어졌다. 먼 옛날 어쩌면 이렇게 멋진 장식품을 만들 수 있었을까 싶었다. — 견문 / 감상

(5) 다리를 건너 조금 더 올라가면 길 하나를 사이에 두고 양쪽으로 거대한 나무들이 우거져 있다. 길 옆으로는 도랑물이 졸졸 흘러내려 온다. — 견문 / 감상

유형 1 기행문에서 여정 찾기

여행의 과정이나 일정을 뜻하는 여정을 파악하는 문제입니다. 글쓴이가 여행을 하며 다닌 곳을 찾습니다.

형형색색 형상과 빛깔 따위가 서로 다른 여러 가지.

1 글쓴이가 다닌 곳을 정리할 때 빈칸에 들어갈 알맞은 말을 쓰세요.

국어

우리 가족은 점심을 먹고 통영의 유명한 관광지인 동피랑 마을로 갔다. 동피랑은 '동쪽 벼랑'이라는 뜻인데, 이곳은 벽화로 널리 알려진 마을이라고 한다. 과연 벽 곳곳에는 눈길을 끄는 형형색색의 그림들이 그려져 있었다. 우리는 구불구불한 마을 길을 따라가며 벽화를 감상하였다. 2년마다 벽화를 새로 그린다고 하니 다음에 또 와 보고 싶다는 생각이 들었다.

마을을 다 둘러본 뒤, 차를 타고 박경리 기념관으로 향했다. 부모님은 박경리가 『토지』라는 소설을 쓴 유명한 작가라고 설명해 주셨다. 기념관에 도착한 우리 가족은 안에 있는 전시물을 둘러보았다. 그중에서 작가가 손으로 직접 쓴 원고가 눈길을 사로잡았다.

• 통영 동피랑 마을 ➡ (　　　　　)

유형 2 기행문에서 견문 찾기

글에서 견문, 즉 여행을 하면서 보고 들은 것에 해당하는 부분을 찾습니다.

즉위식 임금 자리에 오르는 것을 백성과 조상에게 알리려고 치르는 의식.
조회 모든 벼슬아치가 함께 정전에 모여 임금에게 문안드리고 정치 또는 행정상의 일을 아뢰던 일.

2 ㉠~㉤ 중 견문에 해당하는 것을 모두 골라 기호를 쓰세요. (　　　　　)

국어

경복궁 근정전

드디어 경복궁 안의 근정전에 도착했다. 엄마는 내게 근정전에 대해 알려 주셨다. ㉠근정전은 궁에서 가장 중심이 되는 건물로, 외국에서 온 사신을 맞이하거나 왕의 즉위식을 여는 곳이었다고 한다. 또, ㉡이곳에서 왕과 신하들이 만나 조회를 했다고도 한다. 나는 북적대는 관람객들 사이에 섞여 한참 동안 근정전을 구경하였다. ㉢먼 옛날 이곳에 왕과 신하들이 모여 있던 모습을 떠올리니 어쩐지 신기한 느낌이 들었다. ㉣엄마와 나는 다시 다른 곳을 향해 발걸음을 옮겼다. ㉤엄마가 미리 관람 신청을 해 놓으신 경회루로 가 보았다.

3 이 글에서 글쓴이의 감상이 드러난 부분을 모두 고르세요. (　　　　　　)

국어

조금만 더 가면 된다는 할아버지의 말씀에 기운을 냈다. 걸음을 재촉해 길을 따라가 보니, 거대한 은행나무가 우뚝 서 있었다. 나는 놀라움에 입을 다물지 못했다.

이곳 용문사 은행나무는 천연기념물 제30호로 지정되어 있다고 한다. 높이가 약 42미터이고, 수령은 무려 1,100년 정도로 추정된다고 한다. 우리나라에 살아 있는 은행나무 중 가장 오래되었다고 한다.

천 년이 넘은 나무라니 생각할수록 신기하였다. 나는 고개를 들어 나무를 찬찬히 살펴보았다. 가지가 동서남북 사방으로 쭉 뻗어 있고 둘레가 어마어마하게 컸다. 계속 나무를 바라보고 있자니, 신비한 세계에 온 듯한 느낌이 들었다. 매표소에서 이곳까지 걷느라 힘들었는데 끝까지 오기를 잘했다는 생각도 들었다.

나는 꽤 오랫동안 나무를 바라보았다. 은행나무의 모습을 조금이라도 더 눈에 담아 두고 싶어서였다. 할아버지는 지금이 한여름이라 조금 아쉽다며 단풍이 곱게 물드는 가을에 또 와 보자고 하셨다.

① 나는 고개를 들어 나무를 찬찬히 살펴보았다.
② 가지가 동서남북 사방으로 쭉 뻗어 있고 둘레가 어마어마하게 컸다.
③ 계속 나무를 바라보고 있자니, 신비한 세계에 온 듯한 느낌이 들었다.
④ 걸음을 재촉해 길을 따라가 보니, 거대한 은행나무가 우뚝 서 있었다.
⑤ 매표소에서 이곳까지 걷느라 힘들었는데 끝까지 오기를 잘했다는 생각도 들었다.

유형 3 기행문에서 감상 찾기

글에서 글쓴이가 여행을 하면서 느끼거나 생각한 것을 찾습니다.

수령 나무의 나이.
추정된다고 미루어져 생각되어 판정된다고.

★ 기행문의 특성을 생각하며 글을 읽어 보세요.

●**글의 종류** 기행문

●**글의 특징** 이 글은 천안에 여행을 다녀와서 쓴 기행문입니다. 글쓴이는 천안에서 독립 기념관과 병천 순대 거리, 홍대용 과학관을 차례로 여행한 일에 대해 자세히 썼습니다.

●**낱말 풀이**

재현해 다시 나타내.

고난 괴로움과 어려움을 아울러 이르는 말.

즐비했다 빗살처럼 줄지어 빽빽하게 늘어서 있다.

천체 우주에 존재하는 모든 물체를 일컫는 말.

천안역에 도착했다는 안내 방송이 흘러나왔다. 나는 두근두근 설레는 마음으로 아빠와 차에서 내렸다. ㉠날씨는 흐렸지만 공기는 상쾌해서 기분이 좋았다. 그동안 몇몇 도시에 가 봤지만, 천안은 처음이라 몹시 기대가 되었다.

우리는 가장 먼저 독립 기념관으로 갔다. 아빠는 독립 기념관이 우리나라의 역사, 그중에서도 독립운동에 대해 자세히 알려 주는 곳이라고 말씀하셨다. 독립 기념관은 규모가 어마어마하게 컸다. 앞마당에는 거대한 날개 같은 겨레의 탑이 우뚝 서 있었고, 겨레의 집을 지나자 여러 개의 전시관이 자리 잡고 있었다.

나는 아빠와 전시관을 차례로 돌아보았다. ㉡전시관에는 다양한 자료와 역사적 순간을 생생하게 재현해 놓은 모형들이 있었다. 이를 통해 우리나라가 어떻게 일본에 나라를 강제로 빼앗겼는지, 일제 강점기에 우리 민족이 어떤 고난을 겪었는지, 무엇보다 빼앗긴 나라를 되찾기 위해 얼마나 많은 사람이 목숨을 바치며 눈물 어린 노력을 기울였는지 알게 되었다. 나는 독립 기념관을 나서며 그분들께 마음속으로 감사 인사를 드렸다.

어느덧 점심때가 훨씬 지난 터라, 우리는 점심을 먹으러 병천 순대 거리로 향했다. ㉢병천 순대 거리에는 이름처럼 순대를 파는 음식점이 즐비했다. 그곳에서 우리는 따끈따끈한 순댓국과 순대를 배불리 먹었다.

마지막으로 들른 곳은 홍대용 과학관이었다. 안내문을 보니 홍대용 선생은 조선 시대의 과학자인데, 동양에서는 처음으로 지구가 둥글며 스스로 돈다고 주장했다고 한다. ㉣천체를 관측하는 기구인 '혼천의'도 만들었단다. 모두 지구가 평평하다고 믿던 시절에 지구가 둥글다는 사실을 알아내고, 직접 천체를 관측하는 기구까지 만들었다니, 놀랍고 대단하다는 생각이 들었다.

홍대용 과학관을 나서자, 어느덧 집으로 돌아갈 시간이 되었다. ㉤나는 짧은 하루 동안 천안에 다녀오며, 마치 먼 과거와 우주를 여행하고 온 듯한 기분이 들었다. 오랫동안 기억에 남을 만큼 뜻깊은 여행이었다.

지문 ★★☆

낱말 ★☆☆

1 이 글에 나타난 여정을 정리할 때, 빈칸에 들어갈 알맞은 말을 쓰세요.

이해

• 천안역 ➡ (   ) ➡ 병천 순대 거리 ➡ (   )

1주 1일
학습 끝!

붙임 딱지 붙여요.

2 글쓴이가 독립 기념관에서 알게 된 점이 아닌 것은 무엇입니까? (   )

이해

① 일제 강점기에 우리 민족이 어떤 고난을 겪었는지 알게 되었다.
② 우리나라가 어떻게 일본에 나라를 강제로 빼앗겼는지 알게 되었다.
③ 빼앗긴 나라를 되찾기 위해 많은 사람이 목숨을 바쳤다는 것을 알게 되었다.
④ 천체를 관측한 조선 시대의 과학 기술이 놀랍고 대단하다는 것을 알게 되었다.
⑤ 빼앗긴 나라를 되찾기 위해 우리 조상들이 많은 노력을 기울였다는 것을 알게 되었다.

3 ㉠~㉤을 견문과 감상으로 구별하여 기호를 쓰세요.

이해

(1) 견문: (   )   (2) 감상: (   )

4 이 글의 내용으로 알맞지 않은 것은 무엇입니까? (   )

이해

① 글쓴이는 아빠와 여행을 갔다.
② 독립 기념관에는 겨레의 탑과 여러 개의 전시관이 있었다.
③ 글쓴이는 전에 몇몇 도시에 가 봤는데 그중에는 천안도 있었다.
④ 홍대용 선생은 조선 시대 과학자로 천체를 관측하는 기구를 만들었다.
⑤ 홍대용 선생은 동양에서 처음으로 지구가 둥글며 스스로 돈다고 주장했다.

1주

02 글의 종류에 따라 읽는 방법 알기

★ 친구들이 누리집에 글을 썼어요. 친구들이 쓴 글을 읽고, 설명하는 글에는 '설', 주장하는 글에는 '주'를 쓰세요.

(1)

토성은 태양의 둘레를 도는 행성들 가운데, 여섯 번째에 있는 행성입니다. 토성의 둘레에는 커다란 고리가 있는데, 고리는 크고 작은 얼음과 돌로 이루어져 있습니다. 토성은 지구보다 약 750배쯤 크고, 가스처럼 가벼운 물질로 이루어져 있습니다. [ ]

(2)

원자력 발전소를 늘리지 말고 차츰 줄여 나가야 합니다. 원자력 발전소는 생물에게 큰 해를 주는 방사능이 유출될 위험을 안고 있습니다. 또 원자력 에너지가 경제적이지만 원자력 발전소를 폐쇄한 뒤에 관리하는 비용, 핵폐기물을 처리하는 비용까지 계산한다면 전혀 경제적이지 않습니다. [ ]

(3)

동물 실험은 해서는 안 된다. 동물 실험은 동물들에게 큰 고통을 주기 때문이다. 그리고 어떤 동물도 인간과 신체적 구조가 똑같지 않기 때문에 동물 실험은 한계가 있다. 동물 대신 컴퓨터로 비슷한 모형을 만들어 실험하거나 인공 피부를 쓰는 등 다른 방법을 사용할 수도 있다. 동물에게 고통을 주는 동물 실험은 사라져야 한다. [ ]

주제 탐구

글의 종류에 따라 읽는 방법도 달라집니다. 설명하는 글을 읽을 때에는 무엇을 설명하는지 설명하는 내용은 무엇인지 생각해 봅니다. 그리고 새롭게 알게 된 내용을 정리하며 읽습니다. 주장하는 글을 읽을 때에는 글쓴이의 주장과 근거를 파악하고, 주장과 근거가 적절한지 생각하며 읽습니다.

● (1~2) 다음을 읽고 물음에 답하세요.

박쥐는 날개가 있다 보니 조류라고 생각하기 쉽습니다. 그러나 박쥐는 엄연한 포유류입니다. 새끼를 낳고, 젖을 먹여 키웁니다.

박쥐는 종류에 따라 다르지만, 대부분 딱정벌레나 나방 같은 곤충을 잡아먹고 삽니다. 하지만 과일을 먹거나 동물의 피를 먹고 사는 박쥐도 있습니다.

박쥐

대부분의 박쥐는 무리를 지어 생활합니다. 낮에는 캄캄한 동굴에 거꾸로 매달려 잠을 자다가 밤이 되면 동굴 밖에 나와서 활동합니다.

1 이 글에서 설명하는 것은 무엇인지 두 글자로 쓰세요.

• ☐☐

2 이 글을 효과적으로 읽기 위한 방법으로 알맞은 것에 모두 ○표 하세요.

(1) 알게 된 내용을 정리하며 읽어 본다. (　　)
(2) 무엇에 대해 설명하고 있는지 생각해 본다. (　　)
(3) 주장과 근거가 적절한지 생각하며 읽어 본다. (　　)

3 이 글에서 ㉠~㉣을 글쓴이의 주장과 근거로 나누어 기호를 쓰세요.

㉠동물 실험은 해서는 안 된다. ㉡동물 실험은 동물들에게 큰 고통을 주기 때문이다. ㉢그리고 어떤 동물도 인간과 신체적 구조가 똑같지 않기 때문에 동물 실험은 한계가 있다. ㉣동물 대신 컴퓨터로 비슷한 모형을 만들어 실험하거나 인공 피부를 쓰는 등 다른 방법을 사용할 수도 있다. 동물에게 고통을 주는 동물 실험은 사라져야 한다.

(1) 주장: (　　　　　　　　) (2) 근거: (　　　　　　　　)

유형 1 설명하는 글을 읽는 방법 알기

설명하려는 대상과 설명하는 내용을 살펴야 하는 설명하는 글 읽기 방법을 파악하는 문제입니다.

완주한 목표한 지점까지 다 달린.
전환해야 다른 방향이나 상태로 바꾸어야.

1 이와 같은 글을 읽을 때 주의 깊게 살펴보아야 하는 것에 모두 ○표 하세요.

체육

'트라이애슬론'은 한 명의 선수가 수영, 사이클, 마라톤 세 가지 종목을 연이어 치르는 경기이다. 흔히 '철인 3종' 경기라고 부르며, 세 종목을 완주한 시간에 따라 선수들의 순위를 가른다. 트라이애슬론은 경기 중간에 휴식 시간 없이 한 종목이 끝나면 바로 다음 종목으로 전환해야 한다. 따라서 강한 체력과 정신력이 요구된다. 2000년 시드니 올림픽 때 처음 정식 종목으로 채택되어 수영 1.5킬로미터, 사이클 40킬로미터, 마라톤 10킬로미터 거리로 경기를 치렀다.

(1) 글쓴이의 주장 (　　　　)
(2) 설명하는 대상 (　　　　)
(3) 설명하는 내용 (　　　　)
(4) 근거의 타당성 (　　　　)

유형 2 주장하는 글을 읽는 방법 알기

글쓴이의 의견이 들어 있는 주장하는 글을 읽는 방법을 파악합니다.

원활히 거침이 없이 잘되어 나가는 상태로.
수익 기업이 경제 활동의 대가로서 얻은 경제 가치.

2 이 글을 읽는 방법으로 알맞지 않은 것은 무엇입니까? (　　　)

사회

'소비'를 부정적으로 생각하는 사람들이 있습니다. 앞날을 위해 돈을 쓰지 말고 저축해 두어야 한다는 것입니다.

그렇지만 소비는 경제가 원활히 돌아가게 하기 위해 꼭 필요합니다. 만약 사람들이 돈을 아끼고 물건을 사지 않으면 기업은 수익이 줄어듭니다. 그러면 기업은 월급이나 일자리를 줄이게 됩니다. 그 결과 벌어들이는 돈이 줄어 사람들은 돈을 아끼려고 더욱 소비를 줄이게 됩니다. 그러면 또 다시 경제가 나빠지는 일이 반복됩니다. 적절한 소비는 모두를 위해 필요합니다.

① 글쓴이의 주장이 무엇인지 파악한다.
② 글쓴이와 자신의 생각을 서로 비교해 본다.
③ 글쓴이의 주장을 비판하기보다는 받아들인다.
④ 주장을 뒷받침하는 근거가 적절한지 생각해 본다.
⑤ 글쓴이가 주장을 뒷받침하는 근거로 든 내용이 무엇인지 살펴본다.

3 과학 **이 글과 관련한 자료를 더 찾아 내용의 정확성을 확인하려고 할 때, 그 내용으로 알맞지 않은 것은 무엇입니까? (　　　)**

라플레시아는 열대 우림에서 자라는 세계에서 가장 큰 꽃입니다. 꽃의 지름은 약 1미터이며 무게가 11킬로그램이나 됩니다. 꽃잎은 매우 두껍고 얼룩덜룩한 무늬가 있습니다. 라플레시아는 꽃은 있지만 잎과 줄기가 없어 다른 식물에 기생해 양분을 빼앗아 살아갑니다.

라플레시아의 또 다른 특징은 고약한 냄새를 풍긴다는 것입니다. 이는 꽃가루받이를 해 주는 파리를 불러 모으기 위해서입니다. 라플레시아는 아주 거대한 꽃이지만 피어 있는 기간은 그리 길지 않습니다. 꽃이 피고 약 5일에서 7일 정도가 지나면 시들고 맙니다.

① 라플레시아의 꽃잎에 대하여 알아본다.
② 라플레시아가 기생하는 식물에 대하여 알아본다.
③ 파리를 잡아먹는 또 다른 식충 식물에 대해 살펴본다.
④ 라플레시아에서 어떤 냄새가 나는지에 대하여 알아본다.
⑤ 라플레시아의 꽃가루받이가 이루어지는 과정을 알아본다.

유형 3 **설명하는 내용의 정확성 확인하기**
내용을 확인하거나 설명하지 않은 내용을 추론하기 위한 자료를 찾습니다.

기생해 서로 다른 종류의 생물이 함께 생활하며, 한 쪽이 이익을 얻고 다른 쪽이 해를 입는 관계를 맺어.

4 도덕 **글쓴이의 주장과 같은 생각을 떠올린 친구에 ○표 하세요.**

'선의의 거짓말을 해도 되는가?'를 놓고 찬반 의견이 엇갈리고 있다. 그런데 나는 선의의 거짓말을 해도 된다고 본다.

거짓말은 대개 자신의 잘못을 감추거나, 남을 속여 이득을 취하거나, 자신의 능력을 허위로 과시하기 위해서 한다. 하지만 선의의 거짓말은 내가 아닌 다른 사람을 배려하기 위해서 하는 것이다. 예를 들면, 아버지가 만들어 주신 음식이 맛이 없을 때 사실대로 말하면 속상하실 수 있다. 이와 같이 선의의 거짓말은 다른 사람을 위한 것이므로 해도 괜찮다고 본다.

(1) 수훈: 진실을 말해 주면 오히려 괴로울 때가 있어. 그래서 나도 선의의 거짓말이 필요하다고 생각해. (　　　)
(2) 재희: 선의의 거짓말을 했다가 나중에 진실이 밝혀지면 더 속상할 수 있어. 그러니까 선의의 거짓말이라도 해서는 안 돼. (　　　)

유형 4 **글쓴이의 주장과 자신의 생각 비교하기**
글쓴이의 주장과 같은 생각을 떠올린 경우를 찾습니다.

허위 진실이 아닌 것을 진실인 것처럼 꾸민 것.
과시하기 남에게 자랑하여 보이기.

●**글의 종류** 설명문

●**글의 특징** 세계 최초의 항생제인 페니실린이 발견되어, 약품으로 사용되기까지의 과정을 자세히 설명한 글입니다.

●**중심 내용**
1문단 세계 최초의 항생제는 페니실린임.
2문단 플레밍은 푸른곰팡이 주변에 포도상구균이 녹아 있는 것을 발견함.
3문단 플레밍은 푸른곰팡이에서 포도상구균을 죽이는 물질을 뽑아내고 페니실린이라고 이름 붙임.
4문단 체인과 플로리가 함께 오랜 연구 끝에 페니실린을 약품으로 만듦.
5문단 페니실린 덕분에 수많은 군인들이 목숨을 구했으며, 이 업적으로 플레밍과 체인, 플로리는 노벨 생리 의학상을 공동으로 수상함.

●**낱말 풀이**
포도상구균 공 모양의 세포가 불규칙하게 모여서 포도송이처럼 된 세균.
배양 접시 둥글고 납작하며 뚜껑이 있는 유리 접시.
생화학자 생물의 구성 물질 및 생물의 몸에서 일어나는 화학 반응 따위를 설명하고, 생명 현상을 화학적으로 연구하는 사람.
병리학 병이나 기형의 형태나 기능을 조사하여 그 성립 원리와 본질을 연구하는 학문.
감염 병의 원인이 되는 미생물이 동물이나 식물의 몸 안에 들어가 수를 늘려가는 일.

지문 ★★☆
낱말 ★★☆

항생제는 미생물을 죽이거나 자라지 못하게 하는 물질이에요. 그래서 질병을 치료하는 데 사용하지요. 그렇다면 세계 최초의 항생제는 무엇일까요? 바로 '페니실린'이에요.

페니실린을 처음 발견한 사람은 영국의 알렉산더 플레밍이에요. 1928년 어느 날, 휴가를 마치고 실험실에 돌아온 플레밍은 포도상구균을 기르는 배양 접시에 푸른곰팡이가 핀 것을 발견했어요. 그런데 신기하게도 푸른곰팡이 주변에 있는 포도상구균이 모두 녹아 있었어요.

이 모습을 본 플레밍은 푸른곰팡이에 세균을 죽이는 물질이 있을 거라고 생각했어요. 연구를 거듭한 끝에 푸른곰팡이에서 포도상구균을 죽이는 물질을 따로 뽑아낸 다음, 페니실린이라는 이름을 붙였지요.

[㉠] 페니실린이 바로 질병을 치료하는 데 사용된 것은 아니에요. 약품으로 만들어지는 데 10년이나 걸렸거든요. 페니실린을 약품으로 만든 것은 생화학자인 체인과 병리학 교수인 플로리였어요. 플레밍의 논문에 관심이 많았던 두 사람은 함께 연구를 했고, 페니실린을 약품으로 만드는 데 성공했어요. 또 실험을 통해 페니실린이 세균 감염으로 인한 질병을 치료하는 데 효과가 있다는 것도 밝혀냈어요.

이후 페니실린은 사람들의 질병을 치료하는 데 사용되기 시작했어요. 덕분에 제2차 세계 대전에서 부상을 입은 수많은 군인들이 목숨을 구할 수 있었지요. 플레밍과 체인, 플로리 세 사람은 업적을 인정받아 1945년 노벨 생리 의학상을 공동으로 수상했어요.

1 **다음은 이 글에서 설명하는 대상이에요. 빈칸에 알맞은 낱말을 쓰세요.**

이해

- (   )이/가 약품으로 만들어지기까지의 과정

붙임 딱지 붙여요.

2 **㉠에 들어갈 이어 주는 말로 알맞은 것을 보기에서 골라 쓰세요.**

어휘

보기

그래서　　그리고　　왜냐하면　　하지만　　그러므로

(   )

3 **이 글의 내용으로 알맞지 않은 것은 무엇입니까? (   )**

이해

① 세계 최초의 항생제는 페니실린이다.

② 페니실린을 처음 발견한 사람은 알렉산더 플레밍이다.

③ 페니실린이라는 이름을 붙인 사람은 체인과 플로리이다.

④ 페니실린은 약품으로 만들어지는 데 오랜 시간이 걸렸다.

⑤ 플레밍과 체인, 플로리는 공동으로 노벨 생리 의학상을 수상했다.

4 **이와 같은 글을 읽는 방법을 알맞게 말하지 못한 친구에 ○표 하세요.**

비판

(1) 서준: 설명하는 대상을 생각하며 글을 읽었다. (   )

(2) 지수: 포도상구균이 어떤 세균인지 찾아보았다. (   )

(3) 은하: 새롭게 알게 된 내용을 정리하며 글을 읽었다. (   )

(4) 남영: 포도상구균이 어떻게 푸른곰팡이를 죽이는지 알아보았다. (   )

03

1주

설명하는 방법 알기 (1) – 비교와 대조

★ 공통점과 차이점을 들어 설명하기 알맞은 글감끼리 짝을 지어 빈칸에 쓰세요.

(,) (,)

(,) (,)

주제 탐구

비교는 두 가지 이상의 대상을 견주어 공통점을 찾아 설명하는 방법이고, 대조는 두 가지 이상의 대상을 견주어 차이점을 찾아 설명하는 방법입니다. 비교와 대조의 방법으로 설명하면, 두 가지 대상의 특성을 잘 알 수 있어 좋습니다. 단, 두 대상은 일정한 기준에 따라 비교해야 합니다.

1 비교의 방법으로 설명한 문장이면 '비교', 대조의 방법으로 설명한 문장이면 '대조'라고 쓰세요.

(1) 참외와 복숭아는 여름에 즐겨 먹는 과일이다. (　　　)
(2) 바이올린과 첼로는 서양 악기이며 현악기에 속한다. (　　　)
(3) 서민은 주로 초가집에서 살았으나 양반은 기와집에서 살았다. (　　　)
(4) 농구는 5명이 한 팀을 이루지만 야구는 9명이 한 팀을 이룬다. (　　　)
(5) 개미와 꿀벌은 곤충에 해당하며 무리를 이루어 집단생활을 한다. (　　　)

2 ㉮~㉱ 중 비교와 대조의 방법으로 설명하기에 알맞지 않은 글감의 기호를 쓰세요.

㉮ 연극과 영화　　㉯ 컴퓨터의 구조
㉰ 한국, 일본, 중국　　㉱ 여닫이문과 미닫이문

(　　　)

3 밑줄 친 두 대상을 대조의 방법으로 설명한 기준으로 알맞은 것에 V표 하세요.

(1) 짚신은 짚으로 만들지만 나막신은 나무로 만든다.

① 신발의 색깔 ☐　② 신발의 모양 ☐
③ 신발의 재료 ☐　④ 신발을 만드는 사람 ☐

(2) 나비는 주로 낮에 활동하지만 나방은 주로 밤에 활동한다.

① 사는 곳 ☐　② 날개의 무늬 ☐
③ 더듬이의 모양 ☐　④ 활동하는 시간 ☐

유형 1 비교와 대조의 설명 방법 알기

두 대상에서 공통점을 찾아 설명하는 '비교'와 차이점을 찾아 설명하는 '대조'의 설명 방법을 구별합니다.

1 ㉠과 ㉡에서 사용한 설명 방법은 무엇인지 쓰세요.

사회

㉠『삼국사기』와 『삼국유사』는 고구려, 백제, 신라 등 삼국의 역사를 다룬 책입니다. 또한 둘 다 고려 시대에 쓰여졌습니다.

하지만 ㉡『삼국사기』는 학자인 김부식이 왕의 명령을 받아서 쓴 책인 반면, 『삼국유사』는 승려인 일연이 개인적으로 지은 책입니다. 『삼국사기』에는 단군 신화에 관한 내용이 없지만, 『삼국유사』에는 단군 신화에 관한 내용이 실려 있습니다. 또, 불교에 관한 이야기나 사람들 사이에 전해 내려오는 이야기들도 담겨 있습니다.

(1) ㉠: (　　　　　　　)　　　　(2) ㉡: (　　　　　　　)

유형 2 두 대상의 비교와 대조 기준 파악하기

두 대상을 맞대어 비교, 대조할 때 사용한 일정한 기준을 파악합니다.

구기 공을 사용하는 운동 경기. 야구, 축구, 배구, 탁구 따위가 있음.

2 이 글에서 축구와 핸드볼을 비교, 대조한 기준을 모두 고르세요.

체육

(　　　　　)

축구와 핸드볼은 공을 사용하는 구기 종목으로, 여러 명의 선수가 한 팀을 이룬다. 또 상대편의 골문에 공을 넣어 득점을 따져 승패를 가른다. 팀에 골키퍼가 있고, 경기 시간이 전반과 후반으로 나뉜다는 공통점도 있다.

그러나 축구는 11명이 한 팀인데 반해, 핸드볼은 7명이 한 팀이 되어 경기를 치른다. 축구는 전·후반 경기 시간이 각각 45분씩이지만 핸드볼은 전·후반 경기 시간이 각각 30분씩이다. 축구의 경우 골키퍼를 제외한 선수들은 경기를 할 때 손이나 팔을 써서는 안 된다. 반면 핸드볼은 손으로 공을 다룬다는 점에서 차이가 있다.

① 경기 시간　　② 경기장의 크기
③ 승패를 가르는 방법　　④ 경기에 쓰이는 공의 모양
⑤ 경기를 치르는 선수의 수

3 이 글에서 설명한 백로의 특징에는 '백', 두루미의 특징에는 '두'를 쓰세요.

과학

백로와 두루미는 계절에 따라 서식지를 이동하는 철새이다. 목과 다리가 길고 가늘며, 부리는 뾰족하고 기다란 모양을 하고 있다. 암컷과 수컷이 둥지를 함께 만들고, 알을 낳으면 번갈아 가며 품는다.

하지만 백로는 봄에 우리나라로 날아와 가을이 되면 남쪽 지방으로 돌아가는 여름 철새인 반면, 두루미는 가을에 우리나라로 날아와 봄이 되면 북쪽 지방으로 돌아가는 겨울 철새이다. 백로는 기다란 다리와 부리를 제외하고는 몸 전체의 빛깔이 하얗지만, 두루미는 얼굴부터 목에 이르는 부분과 날개깃의 일부가 검다. 또 머리 꼭대기에는 깃털이 없어 붉은색 피부가 그대로 드러나 있다.

둥지를 만드는 장소도 서로 다르다. 백로는 높은 나무 위에 나뭇가지로 둥지를 짓는 반면, 땅 위에서 생활하는 두루미는 물가의 풀숲에 짚이나 갈대를 이용해 둥지를 짓는다. 백로는 하늘을 날 때 목을 구부리고 날지만, 두루미는 기다란 목을 일자로 쭉 펴고 난다.

(1) 하늘을 날 때 목을 일자로 쭉 펴고 난다. (　　　)

(2) 높은 나무 위에 나뭇가지로 둥지를 짓는다. (　　　)

(3) 머리 꼭대기에 깃털이 없어 붉은색 피부가 드러나 있다. (　　　)

(4) 여름 철새로, 다리와 부리를 제외하고 몸 빛깔이 하얗다. (　　　)

유형 3 설명하는 대상의 특징 파악하기

생김새나 습성 등 글에서 견주어 설명하는 두 대상의 차이점을 파악합니다.

서식지 생물이 일정한 곳에 자리를 잡고 사는 곳.

● 글의 종류 설명문

● 글의 특징 이 글은 비교와 대조의 방법으로 징과 꽹과리의 생김새와 소리 등을 자세히 설명하고 있습니다.

● 중심 내용
(가) 징과 꽹과리는 놋쇠로 만든 타악기로 모양이 둥글고 단순함. 둘 다 사물놀이와 풍물놀이에 사용됨.
(나) 징이 꽹과리보다 더 크며, 악기를 치는 채가 서로 다름.
(다) 징은 부드럽고 울림이 큰 소리가 나고 꽹과리는 높고 날카로운 소리가 남.
(라) 징과 꽹과리는 옛날부터 함께해 온 악기로, 오늘날에도 국악에 널리 사용됨.

● 낱말 풀이
신명 흥겨운 신이나 멋.
태평소 나팔 모양으로 된 우리나라 고유의 관악기.

지문 ★★☆
낱말 ★☆☆

(가) '국악기'란 우리나라 음악인 국악을 연주할 때 쓰는 악기를 말합니다. 국악기에는 다양한 것이 있는데 그중에서도 징과 꽹과리는 여러 면에서 공통점이 많습니다.

우선 징과 꽹과리는 채로 악기의 몸통을 쳐서 소리를 내는 타악기입니다. 둘 다 놋쇠로 만들었으며, 악기의 모양이 둥글고 단순합니다. 또, 두 악기는 사물놀이와 풍물놀이에 사용된다는 공통점이 있습니다. 사물놀이는 징, 꽹과리, 장구, 북의 네 가지 악기를 신명 나게 연주하는 놀이를 뜻합니다. 풍물놀이는 사물놀이에 쓰이는 악기 외에 태평소나 소고 등 더 많은 악기를 사용해 야외에서 연주하며 노는 놀이입니다.

(나) 이처럼 징과 꽹과리는 비슷한 점이 많지만, 자세히 살펴보면 서로 다른 점도 있습니다. 징은 지름이 약 36센티미터, 꽹과리는 지름이 약 20센티미터 정도로 징이 꽹과리보다 크기가 더 큽니다. 그리고 징은 헝겊으로 감싼 채로 악기를 치지만, 꽹과리는 나무를 깎아 만든 방망이 모양의 채로 악기를 두드려 소리를 냅니다.

(다) 악기 소리에도 차이가 있습니다. 둘 다 금속으로 만들었지만 징은 꽹과리보다 크기가 좀 더 크고, 헝겊으로 감싼 채로 두드리기 때문에 '지잉' 하는 부드럽고 울림이 큰 소리가 납니다. 반면 꽹과리는 놋쇠를 얇게 두들겨 만들고, 나무 채로 두드리기 때문에 '깨갱깽깽' 하는 높고 날카로운 소리가 납니다.

(라) 징과 꽹과리는 옛사람들의 생활과 오랫동안 함께해 온 악기입니다. 음악을 연주할 때면 다른 악기들과 어우러져 멋진 소리를 만들어 냈으며, 오늘날에도 국악을 연주할 때 널리 사용되고 있습니다.

1주 3일
학습 끝!

붙임 딱지 붙여요.

1 이 글은 무엇에 대해 설명하고 있는지 쓰세요.

이해

• (   ) 와/과 (   )

2 다음 두 악기의 공통점이 아닌 것은 무엇입니까? (   )

이해

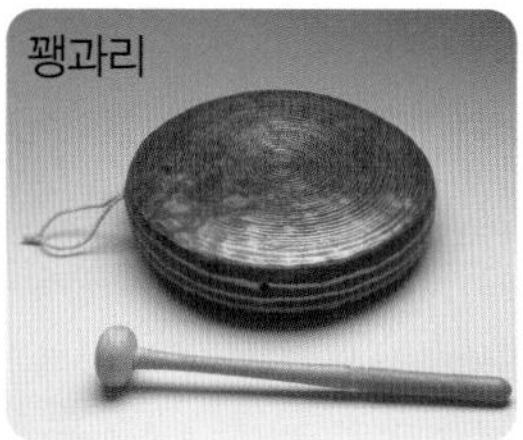

① 놋쇠로 만들었다.
② 악기의 모양이 둥글고 단순하다.
③ 국악을 연주할 때 쓰는 악기이다.
④ 사물놀이와 풍물놀이에 사용된다.
⑤ 헝겊으로 감싼 채로 악기의 몸통을 쳐서 소리를 낸다.

3 이 글에 대한 내용으로 알맞지 않은 것은 무엇입니까? (   )

이해

① 징이 꽹과리보다 크기가 좀 더 크다.
② 징은 부드러운 소리가, 꽹과리는 높은 소리가 난다.
③ 사물놀이는 네 가지 악기를 신명 나게 연주하는 놀이이다.
④ 풍물놀이를 할 때에는 사물놀이보다 더 많은 악기를 사용한다.
⑤ 징을 칠 때에는 나무를 깎아서 만든 방망이 모양의 채를 사용한다.

4 (다)에서 사용한 설명 방법은 무엇인지 보기 에서 골라 쓰세요.

구조

보기

비교　　대조　　열거　　예시

(   )

04 설명하는 방법 알기 (2) – 분석과 분류

1주

★ 다음 그림을 꽃, 채소, 과일로 분류하여 빈칸에 알맞은 번호를 쓰세요.

(1) 꽃	(2) 채소	(3) 과일

주제탐구

분석은 어떤 하나의 대상을 여러 부분으로 나누어 설명하는 방법입니다. 분류는 대상을 일정한 기준에 따라 구분 지어 설명하는 방법입니다. 대상을 분류할 때에는 대상의 특성이 잘 드러나도록 알맞은 기준을 정해야 합니다.

1 다음은 무엇을 기준으로 분류한 것인지 알맞은 것에 ○표 하세요.

(1)

매, 호랑이, 치타	사슴, 토끼, 기린	① 먹이의 종류 ( ) ② 다리의 개수 ( )

(2)

개나리, 진달래, 민들레	국화, 코스모스, 구절초	① 꽃잎의 모양 ( ) ② 꽃이 피는 계절 ( )

(3)

닭, 참새, 타조, 펭귄	토끼, 얼룩말, 사자, 코끼리	① 척추의 유무 ( ) ② 날개의 유무 ( )

2 다음 그림에 있는 대상을 부분으로 나누어 설명할 때 보기 에서 알맞은 말을 찾아 쓰세요.

보기

머리	속귀	잎	뿌리	배
꽃	바깥귀	가슴	가운데귀	줄기

(1)

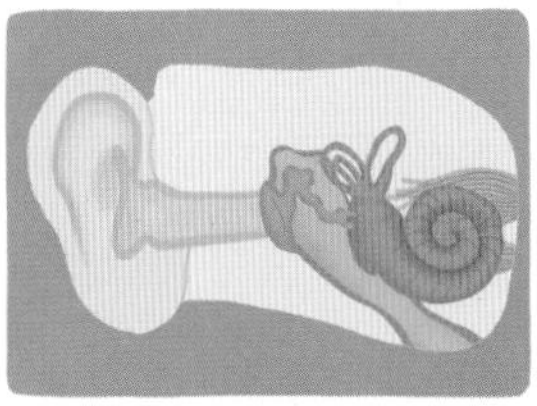

→ (　　　), (　　　), (　　　)(으)로 나누어 설명한다.

(2)

→ (　　　), (　　　), (　　　), (　　　)(으)로 나누어 설명한다.

(3)

→ (　　　), (　　　), (　　　)(으)로 나누어 설명한다.

유형 1 분석의 설명 방법 알기

설명 대상을 구성하는 요소로 나누어 설명한 방법을 찾습니다.

노폐물 우리 몸에서 호흡이나 소화 과정 중에 만들어진 필요 없는 물질. 날숨, 오줌, 땀, 대변 따위에 섞여 몸 밖으로 배출됨.
멎게 사물의 움직임이나 동작이 그치게.

1 이 글에 대해 알맞게 설명한 것에 ○표 하세요.

과학

혈액은 혈장과 혈구로 이루어져 있다. 혈장은 액체 성분으로 약 90퍼센트가 물이며, 우리 몸의 체온을 조절하고 여러 영양소와 노폐물을 운반하는 역할을 담당한다.

혈구는 적혈구와 백혈구, 혈소판으로 구성되어 있다. 적혈구는 온몸에 산소를 운반하는 역할을 한다. 백혈구는 몸속으로 들어온 세균을 잡아먹는 일을 한다. 혈소판은 적혈구와 백혈구에 비해 크기가 아주 작은데, 몸에 상처가 났을 때 피를 멎게 하는 역할을 한다.

(1) 혈액에 대해 분류의 방법을 사용하여 설명하고 있다. (　　)
(2) 혈액에 대해 분석의 방법을 사용하여 설명하고 있다. (　　)
(3) 세균에 대해 분석의 방법을 사용하여 설명하고 있다. (　　)
(4) 우리 몸에 대해 분류의 방법을 사용하여 설명하고 있다. (　　)

유형 2 분류의 설명 방법 알기

대상을 일정한 기준으로 구분 지어 설명하는 방법을 파악하는 문제입니다.

2 ㉠에서 사용한 설명 방법은 무엇입니까? (　　)

미술

㉠서양화는 표현 대상에 따라 인물화, 풍경화, 정물화, 추상화로 나눌 수 있습니다. 인물화란 인물, 즉 사람을 주제로 하여 그린 그림입니다. 널리 알려진 그림 「모나리자」와 「진주 귀걸이를 한 소녀」가 바로 인물화에 해당합니다. 정물화는 움직이지 않는 물체를 그린 그림입니다. 예를 들면 과일이나 꽃, 그릇, 악기, 책 등을 그린 것입니다. 풍경화는 바다나 강, 산 같은 자연 풍경을 그린 그림입니다. 추상화는 사물을 보이는 대로 그리지 않고 점, 선, 면, 색 등으로 표현한 그림을 뜻합니다.

① 정의　② 비교　③ 인과
④ 분석　⑤ 분류

3 이 글에서 시를 분류하는 기준은 무엇입니까? (   )

국어

시는 시인이 어떤 것을 보거나 겪으며 떠오르는 생각이나 느낌을 간결한 언어로 표현한 글입니다. 시는 형식에 따라 자유시와 정형시, 산문시 세 가지로 나뉩니다. 자유시는 말 그대로 정해진 틀에서 벗어나 자유로운 형식으로 쓴 시를 뜻합니다. 반면 정형시는 일정한 형식과 규칙이 정해져 있는 시입니다. 산문시는 연과 행을 구별하지 않고 마치 산문처럼 줄글로 쓴 시를 말합니다. 때문에 산문시는 자유시보다 더 형식에 얽매이지 않은 시라고 볼 수 있습니다.

① 시의 내용　　② 시의 주제　　③ 시의 형식
④ 시인의 생각　　⑤ 시에 대한 느낌

유형 3 분류 기준 찾기

이 글에서 시를 자유시와 정형시, 산문시로 분류한 기준을 찾습니다.

간결한 간단하면서도 짜임새가 있는.

4 이 글의 내용을 파악하여 빈칸에 알맞은 말을 쓰세요.

과학

뇌는 우리 몸에서 중요한 역할을 하는 기관으로, 대뇌, 중뇌, 소뇌, 간뇌, 연수와 같은 여러 부분으로 이루어져 있다. 이 중 대뇌는 뇌에서 크기가 가장 크며, 우뇌와 좌뇌로 나뉜다. 그리고 몸에서 받은 정보를 기억하고 판단해 명령을 내리는 일을 한다. 중뇌는 간뇌의 아래쪽에 있는데, 눈의 운동을 조절하는 역할을 한다. 소뇌는 운동 기능을 조절하며, 몸의 균형을 잡아 준다. 대뇌의 바로 아래에 있는 간뇌는 체온과 혈압을, 연수는 우리 몸의 호흡과 소화, 심장 박동을 조절하는 역할을 담당한다.

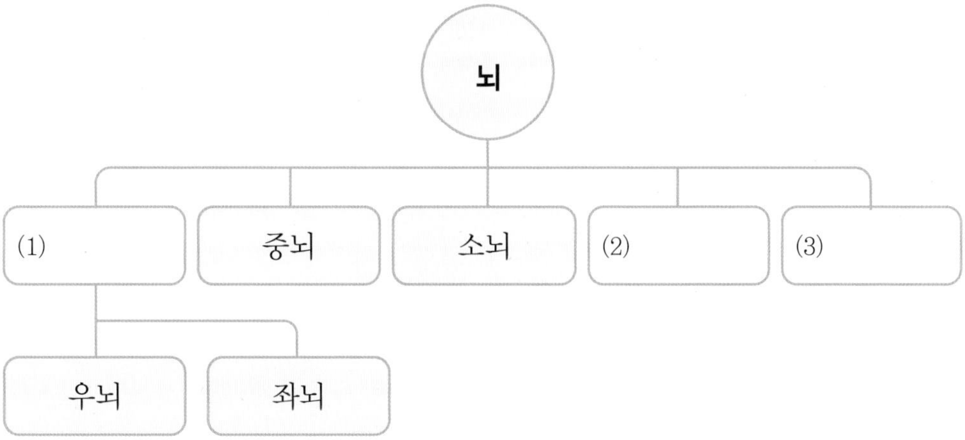

유형 4 분석 내용 알기

이 글에서 분석의 방법으로 설명한 뇌의 다섯 가지 부분을 정리합니다.

심장 박동 심장이 주기적으로 오므라졌다 부풀었다 하는 운동.

 ★ 분석의 설명 방법을 생각하며 글을 읽어 보세요.

●글의 종류 설명문

●글의 특징 이 글은 분석의 설명 방법으로 백제 금동 대향로의 생김새와 가치에 대해 설명한 글입니다.

●중심 내용
1문단 백제 시대를 대표하는 문화재로 백제 금동 대향로가 있음.
2문단 백제 금동 대향로는 금동으로 만들어져 일반 향로보다 크고 무거움.
3문단 백제 금동 대향로는 1993년 부여 능산리에서 발견되었음.
4문단 백제 금동 대향로는 크게 뚜껑과 몸체, 받침으로 이루어져 있음.
5문단 국보로 지정된 백제 금동 대향로는 백제를 연구하는 귀중한 자료로 사용되고 있음.

●낱말 풀이
향로 향을 피우는 데 쓰는 자그마한 화로.
훼손되지 헐리거나 깨져 못 쓰게 되지.
봉황 예로부터 중국의 전설에 나오는 상상의 새.

지문 ★★☆
낱말 ★★☆

우리나라에는 각 시대를 대표하는 문화재들이 있습니다. 그중 백제를 대표하는 문화재로는 ㉠'백제 금동 대향로'를 꼽을 수 있습니다.

백제 금동 대향로는 이름처럼 금동으로 만들어진 큰 향로입니다. 틀에 끓는 청동을 부어 모양을 만든 다음, 겉에 금을 덧입혀 제작하였습니다. 높이가 64센티미터, 무게는 11.8킬로그램 정도로 일반적인 향로보다 훨씬 크고 무겁습니다.

백제 금동 대향로는 1993년 12월 부여 능산리에서 발견되었습니다. 발견 당시에는 진흙 속에 묻혀 있었는데, 만들어진 지 오래되었지만 별로 녹슬거나 훼손되지 않고 모습이 잘 보존되어 있었습니다.

㉡ 백제 금동 대향로는 크게 뚜껑과 몸체, 받침으로 이루어져 있습니다. 뚜껑의 맨 윗부분에는 턱 아래 여의주를 품은 봉황이 있으며, 뚜껑 부분에는 74개의 산봉우리와 상상 속의 동물을 비롯해 멧돼지, 호랑이, 사슴처럼 실제 존재하는 동물들이 새겨져 있습니다. 악기를 연주하는 다섯 사람과 그 외 여러 인물의 모습도 있습니다. 몸체 부분에는 연꽃잎이 새겨져 있으며 물고기와 동물, 두 명의 인물이 조각되어 있습니다. 받침은 커다란 용이 다리 하나를 치켜든 채 몸체인 연꽃을 입으로 받치고 있는 모습을 하고 있습니다.

백제 금동 대향로를 통해 우리는 백제의 공예 기술이 얼마나 뛰어났는지를 잘 알 수 있습니다. 백제 금동 대향로는 그 가치와 아름다움을 인정받아 국보 제287호로 지정되었습니다. 그리고 백제 시대를 연구하는 귀중한 자료로 사용되고 있습니다.

1 이 글은 무엇에 대해 설명한 글인지 찾아 쓰세요.

이해

( )

붙임 딱지 붙여요.

2 ㉠에 대한 설명으로 알맞지 않은 것은 무엇입니까? ( )

이해

① 금동으로 만들어진 향로이다.
② 발견 당시 진흙 속에 묻혀 있었다.
③ 1993년 부여 능산리에서 발견되었다.
④ 일반적인 향로보다 훨씬 크고 무겁다.
⑤ 발견 당시 모습이 많이 훼손되어 있었다.

3 ㉡에 쓰인 설명 방법은 무엇인지 보기에서 골라 쓰세요.

구조

보기				
비교	대조	분류	분석	정의

( )

4 이 글을 읽고 새롭게 알게 된 점을 잘못 말한 친구에 ○표 하세요.

비판

05 설명하는 방법 알기 (3) – 열거와 인과

1주

★ 친구들이 말 덧붙이기 놀이를 하고 있어요. 빈칸에 들어갈 덧붙이는 말을 쓰세요.

주제 탐구

열거는 여러 가지 예나 사실을 죽 늘어놓으며 설명하는 방법입니다. 인과는 어떤 현상의 원인과 결과를 밝혀 주는 설명 방법입니다. '원인'은 어떤 일이 일어나게 만든 까닭을, '결과'는 원인으로 인해 일어난 일을 뜻합니다.

1 열거의 방법으로 설명할 때 둘 중 빈칸에 알맞은 말을 골라 ○표 하세요.

(1) 채소에는 당근, (**사과 / 오이**), (**양파 / 감**), 감자, 양배추가 있다.

(2) 명절에 먹는 음식으로는 떡국, (**송편 / 스파게티**), (**카레 / 오곡밥**), 팥죽이 있다.

(3) 서양 악기에는 오보에, (**바이올린 / 가야금**), (**장구 / 플루트**), 첼로, 트럼펫이 있다.

2 다음 원인에 알맞은 결과를 찾아 선으로 이으세요.

(1) 낙타는 콧구멍을 마음대로 열고 닫을 수 있어서 •	• ① 모래에 잘 빠지지 않는다.
(2) 낙타는 다리가 길기 때문에 •	• ② 모래바람이 불어도 코 안에 모래가 들어오지 않는다.
(3) 낙타는 후각이 발달되어 있으므로 •	• ③ 모래 바닥에서 올라오는 열기를 피할 수 있다.
(4) 낙타는 발바닥이 넓고 평평하기 때문에 •	• ④ 사막에서 풀 같은 먹이나 물을 잘 찾아낼 수 있다.

3 (가), (나)에서 사용한 설명 방법을 보기에서 골라 쓰세요.

(가) 우리의 국토는 있는 그대로 우리의 역사이며, 철학이며, 시이며, 정신입니다.

(나) 온실 효과 때문에 지구의 기온이 올라가면서 가장 심각한 문제가 되는 것은 해수면의 상승입니다. 남극과 북극의 빙하가 녹으면서 해수면이 올라가는데, 이런 현상은 바다와 육지의 비율을 바꾸어 엄청난 기후 변화를 일으킵니다. 그래서 섬나라나 저지대는 온통 물에 잠기게 됩니다. 또, 물이 차오른 곳의 자연은 생태계가 파괴되어 바다 생물에게도 큰 영향을 끼치게 됩니다.

보기

비교 열거 예시 분석 인과

(1) (가): ( ) (2) (나): ( )

유형 1 **열거의 설명 방법 알기**

여러 가지 예나 사실을 죽 늘어놓으며 설명하는 ㉠의 설명 방법을 찾습니다.

화원 조선 시대 도화서에서 그림을 그리던 화공과 벼슬아치를 통틀어 이름.
탁월한 남보다 두드러지게 뛰어난.
화폭 그림을 그려 놓은 천이나 종이의 조각.

1 ㉠에서 사용한 설명 방법은 무엇입니까? (　　　)

미술

단원 김홍도는 조선 시대에 활동했던 화가이다. 나라에 필요한 그림을 그리는 관청인 도화서에서 화원으로 일하였으며, 탁월한 실력을 인정받아 임금의 초상화를 그리기도 하였다. 여러 분야의 그림을 두루 잘 그렸지만 특히 풍속화로 이름을 떨쳤다. 풍속화란 사람들의 생활 모습을 그린 그림을 뜻한다. ㉠김홍도가 그린 풍속화로는 「씨름」, 「서당」, 「무동」, 「빨래터」, 「대장간」 등이 있다. 김홍도는 주로 일반 백성들의 모습을 화폭에 담아냈으며, 인물의 표정과 동작을 생생하면서도 익살스럽게 표현하였다.

김홍도, 「씨름」

① 정의　② 비교　③ 인과
④ 분석　⑤ 열거

유형 2 **인과의 설명 방법이 쓰인 부분 찾기**

어떤 현상의 원인과 결과를 밝혀 주는 인과의 설명 방법이 나타난 부분을 찾습니다.

불완전변태 애벌레가 번데기의 시기를 거치지 않고 어른벌레가 되는 곤충의 탈바꿈.

2 ㉠~㉤ 중 '인과'의 방법으로 설명한 부분의 기호를 쓰세요.

과학

㉠메뚜기는 불완전변태를 하는 곤충이다. 알에서 깨어나 애벌레가 되고, 몇 차례 허물을 벗고 나면 어른벌레가 된다. ㉡종류에 따라 조금씩 다르지만 주로 식물의 잎이나 줄기를 먹고 산다. ㉢머리에는 한 쌍의 더듬이가 달려 있고, 커다란 겹눈과 작은 홑눈이 있다. ㉣날개는 앞날개와 뒷날개가 한 쌍씩 있는데 날 때에는 뒷날개를 펼친다. 다리는 총 세 쌍으로 앞다리, 가운뎃다리, 뒷다리가 있다. ㉤이 중 뒷다리는 매우 길고 튼튼해서 자기 몸길이의 20~30배 되는 거리를 뛸 수 있다.

(　　　　　　　)

3 ㉠과 같은 설명 방법을 사용한 것은 무엇입니까? (　　　)

사회

㉠각 나라를 대표하는 축제로는 스페인의 토마토 축제, 태국의 송크란 축제, 몽골의 나담 축제가 있습니다. 스페인의 토마토 축제는 8월 마지막 수요일, 작은 도시인 부놀에서 열립니다. 사람들은 엄청난 양의 토마토를 광장에 쏟아붓고 서로에게 던지며 신나게 놉니다. 태국의 송크란 축제는 서로에게 물을 뿌리는 축제입니다. 안 좋은 기운을 씻고, 복이 깃들라는 뜻이 담겨 있습니다. 몽골의 나담 축제는 울란바토르에서 열립니다. 몽골에 있는 각 부족의 대표 선수들이 참가해 말타기, 활쏘기, 몽골 씨름의 세 가지를 겨루는 것이 특징입니다.

① 포유류에는 사자, 토끼, 호랑이, 곰, 말이 있다.
② 다람쥐는 겨울잠을 자지만 청설모는 겨울잠을 자지 않는다.
③ 독수리의 부리는 갈고리처럼 휘어져 있어 고기를 잘 찢을 수 있다.
④ 속씨식물은 떡잎의 수에 따라 쌍떡잎식물과 외떡잎식물로 나눌 수 있다.
⑤ 귀화 생물이란 원래 살던 곳에서 다른 지역으로 옮겨 와 잘 적응하여 자라는 생물을 말한다.

유형 3 같은 설명 방법이 쓰인 예 찾기
여러 가지 예를 늘어놓는 ㉠에 쓰인 설명 방법이 사용된 예를 찾습니다.

4 ㉠과 같은 방법으로 설명하기에 가장 알맞은 글감에 ○표 하세요.

사회

옹기는 예로부터 우리 조상들이 사용해 온 그릇이다. 주로 곡식을 저장하거나 간장, 된장 같은 장류를 보관하는 데 썼다. 옹기의 모양은 지역에 따라 차이가 있는데, 날씨가 추운 북쪽 지방은 햇볕을 잘 받도록 옹기의 주둥이를 넓게 만들었다. 반면 날씨가 더운 남쪽 지방은 옹기에 담아 둔 내용물이 햇볕에 상하지 않게 주둥이를 좁게 만들었다.

옹기의 가장 큰 장점은 바람이 잘 통한다는 것이다. ㉠옹기는 표면에 나 있는 미세한 구멍으로 공기가 자유롭게 드나든다. 그래서 옹기에 식품을 담아 두면 쉽게 변질되지 않고 오랫동안 보존할 수 있었다.

(1) 자동차의 구조 (　　　)
(2) 고려청자를 만드는 과정 (　　　)
(3) 동양화와 서양화의 차이점 (　　　)
(4) 민들레 씨가 멀리까지 날아갈 수 있는 까닭 (　　　)

유형 4 인과의 설명 방법에 알맞은 글감 찾기
㉠처럼 원인과 결과를 밝히는 '인과'의 방법으로 설명할 수 있는 글감의 예를 찾습니다.

변질되지 성질이 달라지거나 물질의 질이 변하지.
보존할 잘 보호하고 간수하여 남길.

●글의 종류 설명문

●글의 특징 열거와 인과의 방법으로 물에서 사는 다양한 수서 곤충에 대하여 설명한 글입니다.

●중심 내용
1문단 수서 곤충에는 물자라, 게아재비, 송장헤엄치개, 물방개 등이 있음.
2문단 물자라는 물이 잔잔한 곳에 살며, 수컷은 알이 부화할 때까지 등에 업고 다니며 극진하게 돌봄.
3문단 게아재비는 물사마귀라고 불리며, 먹이를 사냥해 체액을 빨아먹음.
4문단 송장헤엄치개는 죽은 것처럼 몸이 뒤집힌 채로 헤엄침.
5문단 물방개는 몸에 공기를 저장해 물속에서도 숨을 쉴 수 있음.
6문단 수서 곤충은 저마다의 방식으로 물에 적응해 살며, 생태계 유지에 중요한 역할을 함.

●낱말 풀이
부성애 자식에 대한 아버지의 본능적인 사랑.
부화할 동물의 알 속에서 새끼가 껍데기를 깨고 밖으로 나올.
체액 혈액, 림프, 뇌척수액 등 동물의 몸속에 있는 액체.

지문 ★★☆
낱말 ★★☆

곤충은 지구 곳곳에서 살아간다. 숲은 물론이고 컴컴한 동굴과 뜨거운 사막, 추운 북극에도 있다. 강물이나 호수, 연못 같은 물에서도 살아간다. 이렇게 물에서 사는 곤충을 '수서 곤충'이라고 한다. ㉠수서 곤충에는 물자라, 게아재비, 송장헤엄치개, 물방개 등이 있다.

물자라는 주로 연못이나 저수지처럼 물이 잔잔한 곳에 자리를 잡고 산다. 물자라는 물장군과 더불어 부성애가 강한 곤충으로 유명하다. 짝짓기를 마친 암컷 물자라는 수컷 물자라의 등에 알을 낳고 사라진다. 그러면 수컷 물자라는 알이 무사히 부화할 때까지 업고 다니며 돌본다. ㉡알이 상하지 않도록 등을 물 위로 내놓고 산소를 공급하며, 햇볕도 쬐어 준다.

게아재비는 생김새가 꼭 사마귀를 닮아 '물사마귀'라고도 불린다. 올챙이나 잠자리 애벌레 등을 먹이로 삼는데, 물풀 사이에 숨어 있다가 먹이가 가까이 오면 앞다리로 잡아 체액을 빨아먹는다. ㉢게아재비는 물속에 살지만 헤엄을 치기보다는 주로 기어 다닌다.

송장헤엄치개는 특이한 방식으로 생활한다. ㉣죽은 것처럼 등을 아래로 배를 위로 하여 뒤집힌 채로 헤엄친다. 이때 길고 털이 많이 나 있는 뒷다리를 노처럼 사용한다.

㉤물방개는 배와 딱지날개 사이의 공간에 공기를 저장할 수 있기 때문에 물속에서도 숨을 쉴 수 있다. 만약 저장한 공기가 떨어지면 물 위로 올라와 공기를 모은 다음, 다시 물속으로 들어간다. 이 모습에서 아이디어를 얻어 잠수부들이 쓰는 [㉮]이 개발되었다. 물방개는 '물속의 청소부'라는 별명답게 올챙이는 물론 작은 물고기와 죽은 동물의 시체도 먹어 치운다.

수서 곤충은 저마다의 방식으로 물에 적응하여 살아간다. ㉥다른 생물을 잡아먹고, 먹이가 되기도 하면서 생태계가 유지되는 데 중요한 역할을 한다.

1 이 글의 내용으로 알맞지 <u>않은</u> 것은 무엇입니까? (　　　)

이해

① 곤충은 동굴과 사막, 북극에도 있다.
② 물자라는 주로 물살이 빠른 곳에서 산다.
③ 물에서 사는 곤충을 수서 곤충이라고 한다.
④ 게아재비는 물속에서 헤엄을 치지 않고 주로 기어 다닌다.
⑤ 물방개는 올챙이는 물론 작은 물고기와 죽은 동물의 시체를 먹어 치운다.

2 ㉠에서 사용한 설명 방법을 보기 에서 골라 쓰세요.

구조

보기

정의　　대조　　분류　　열거　　비교

(　　　　　　)

3 ㉡~㉥ 중 인과의 방법으로 설명한 부분의 기호를 쓰세요.

구조

(　　　　　　)

4 글의 내용으로 보아, ㉮에 들어갈 알맞은 말은 무엇입니까? (　　　)

추론

① 물안경　　② 오리발　　③ 산소통
④ 채집망　　⑤ 잠수함

독해 플러스 1주

뜻을 살려 합친 말, 복합어

말은 시간이 지나면서 변하고 새롭게 만들어져요. 말을 새로 만드는 가장 흔한 방법은 원래 있던 낱말들을 합쳐서 새로운 낱말을 만드는 거예요. 이렇게 만들어진 말을 복합어라고 해요. '검다'와 '푸르다'를 합쳐서 '검푸르다'라는 말이, '얽다'와 '매다'를 합쳐서 '얽어매다'라는 말이 만들어졌어요.

뜻을 살려 합친 말, 복합어

- **앞뒤(앞+뒤)** 앞뒤, 모두, 사방을 뜻하는 말이에요.
  예 복잡한 길에서는 앞뒤를 잘 살펴야 해.
- **밤낮(밤+낮)** 밤낮, 하루 종일, 늘이라는 뜻이에요.
  예 부모님은 밤낮으로 자식 걱정을 한다.
- **논밭(논+밭)** 농사짓는 땅을 말해요. 예 오랜 가뭄으로 논밭이 말라 간다.
- **굳세다(굳다+세다)** '힘차고 튼튼하다.'라는 뜻이에요.
  예 반드시 해내겠다고 굳세게 마음을 먹었다.
- **우짖다(울다+짖다)** 새가 울며 지저귄다는 뜻이에요.
  예 숲에서 새들이 우짖고 있다.

1 **다음 밑줄 친 낱말은 어떤 낱말이 합쳐진 것인지 보기 에서 찾아 쓰세요.**

보기

검게 낮 우는

(1) 흥부는 밤낮 일했지만 가난을 벗어날 수 없었다. ➡ 밤 + (   )

(2) 어미를 그리워하며 우짖는 강아지가 안타까웠다. ➡ (   ) + 짖는

(3) 그날 밤 하늘 색이 검푸르게 변해 가고 있었다. ➡ (   ) + 푸르게

2 **밑줄 친 낱말 중 복합어에 모두 ○표 하세요.**

(1)

(   )

(2)

(   )

(3)

(   )

이번 주 나의 독해력은?		
	이번 주 학습을 모두 끝마쳤나요?	
	기행문의 특성을 알고 있나요?	
	여러 가지 설명 방법을 알고 있나요?	

정답 1. (1) 낮 (2) 우는 (3) 검게 2. (2) ○ (3) ○

PART 2

추론 독해

글에 숨겨진 정보를 짐작해 보고 생략된 내용이나 숨겨진 주제,
글을 쓴 목적을 찾아보며 읽어요.
그리고 글에 드러난 관점이나 글쓴이의 주장과 근거,
표현 방법 등을 비판하며 읽는 방법도 배워요.

contents

06 글의 구조를 생각하며 요약하기

2주

★ 쪽지에 글을 요약하는 방법과 글을 요약하면 좋은 점이 들어 있어요. 이 중 알맞은 설명이 적혀 있는 쪽지를 모두 골라 ○표 하세요.

1
글을 요약할 때에는 먼저 글의 구조를 살펴본다.

2
글의 내용을 처음과 끝으로만 정리하여 내용을 간추려야 한다.

3
글을 요약할 때에는 중요한 내용과 그렇지 않은 내용을 구분한다.

4
글을 요약할 때 중요하지 않은 내용은 제외한다.

5
글을 요약할 때에는 자신의 인상에 남는 부분을 간추린다.

6
각 문단의 뒷받침 문장을 찾아서 간추린다.

7
글을 요약하면 전체 내용을 하나도 빠짐없이 알 수 있다.

8
글의 구조에 알맞게 틀을 그려 내용을 정리한다.

주제 탐구

설명하는 글을 간추릴 때는 글에서 가장 중요한 내용을 골라 정리해야 합니다. 먼저 각 문단의 중심 문장을 찾습니다. 중요하지 않은 내용은 지우고 세부 내용은 대표적인 말로 바꾸어 정리합니다. 그리고 글의 구조에 알맞게 틀을 그려 내용을 정리합니다.

1 ㉠~㉥ 중 빈칸에 들어갈 중심 문장의 기호를 쓰세요.

새의 부리는 먹이를 사냥하고 먹기에 알맞은 모양으로 되어 있습니다. 이에 대하여 자세히 알아봅시다.

㉠물총새의 부리는 물고기를 사냥하기에 편리하도록 길고 뾰족합니다. 물총새는 나뭇가지나 돌에 앉아서 지켜보다가 물고기가 나타나면 재빨리 물속으로 들어가 먹이를 잡습니다. ㉡그래서 부리의 모양이 물고기를 잡기 좋게 기다랗고 뾰족합니다.

㉢독수리의 부리는 고기를 찢기 좋도록 날카롭고 끝이 구부러져 있습니다. ㉣독수리는 토끼와 같은 작은 동물을 잡아먹고 삽니다. 때문에 부리 모양이 고기를 잘 찢을 수 있도록 날카로우며 끝이 휘어져 있습니다.

㉤오리의 부리는 물속의 곤충이나 물풀을 걸러 먹기에 알맞도록 주걱처럼 넓적합니다. ㉥오리는 물을 걸러서 그 안에 있는 물풀이나 곤충을 먹고 삽니다. 때문에 부리의 모양이 물속의 곤충이나 물풀을 거르기에 편리하도록 넓적합니다.

이와 같이 새의 부리 모양은 먹이와 관련이 있습니다. 부리의 모양을 보면 어떻게 먹이를 잡고, 어떤 먹이를 먹으며 살아가는지 잘 알 수 있습니다.

처음	새의 부리는 먹이를 사냥하고 먹기에 알맞은 모양으로 되어 있다.
가운데	• (1) (　　　　　　　　) • (2) (　　　　　　　　) • (3) (　　　　　　　　)
끝	이와 같이 새의 부리 모양은 먹이와 관련이 있다.

유형 1 중요한 내용 요약하기

이 글의 핵심 내용인 사군자의 뜻, 사군자의 특성과 이름, 사용된 곳 등을 알맞게 정리한 것을 찾습니다.

일컫는 이름 지어 부르는.
서리 대기 중의 수증기가 지상의 물체 표면에 얼어 붙은 것.
행실 실지로 드러나는 행동을 이름.
올곧은 마음이나 정신 상태 따위가 바르고 곧은.

1 이 글의 중요한 내용을 알맞게 간추린 것에 ○표 하세요.

미술

사군자는 매화, 난초, 국화, 대나무 네 가지를 일컫는 말이에요. 매화는 이른 봄에 추위를 이겨 내고 가장 먼저 꽃을 피워요. 난초는 깊은 산속에서 은은한 향기를 멀리까지 퍼뜨리지요. 국화는 서리를 이겨 내고 늦게까지 꽃을 피우며, 대나무는 추운 한겨울에도 푸른빛을 잃지 않고 곧게 뻗어 있어요. 이와 같은 네 가지 식물의 특성이 덕이 높고 행실이 어진 사람인 군자를 닮았다고 하여 '사군자'라고 불렀어요. 선비들은 사군자를 그림 그리는 소재로 많이 사용했어요. 마음을 가다듬고 올곧은 정신을 지키려는 뜻에서 사군자를 즐겨 그렸지요.

(1) 사군자는 매화, 난초, 국화, 대나무를 일컫는 말로, 이 네 가지 식물은 특성이 군자를 닮았다. ( )

(2) 사군자는 매화, 난초, 국화, 대나무를 일컫는 말이며 군자는 덕이 높고 행실이 어진 사람을 뜻한다. ( )

(3) 사군자는 매화, 난초, 국화, 대나무를 일컫는 말로, 네 가지 식물의 특성이 군자를 닮았다 하여 이름 붙여졌으며, 선비들이 그림 소재로 많이 사용하였다. ( )

유형 2 문단의 중심 문장 찾기

문단에서 가장 중심이 되는 문장으로, 문단의 내용을 대표하는 중심 문장을 찾습니다.

2 ㉠~㉤ 중 중심 문장에 해당하는 것은 무엇입니까? ( )

사회

㉠3차 산업은 사람들이 편리하게 생활할 수 있도록 각종 서비스를 제공하는 산업을 뜻한다. ㉡3차 산업의 종류에는 여러 가지가 있다. 여러 가지 물건을 판매하는 상업이 대표적인 예이다. ㉢관광객들에게 볼거리, 즐길 거리 등을 제공하는 산업인 관광업도 3차 산업에 속한다. 운송업도 3차 산업에 해당한다. ㉣운송업이란 일정한 금액을 받고 기차, 배, 트럭 같은 운송 수단을 사용해 사람이나 화물을 실어 나르는 산업이다. ㉤그 밖에 광고업이나 금융업, 보험업, 통신업 등도 3차 산업에 속한다.

① ㉠ ② ㉡ ③ ㉢ ④ ㉣ ⑤ ㉤

3 이 글을 요약할 때 빈칸에 들어갈 알맞은 말을 쓰세요.

과학

남극은 지구의 가장 남쪽 끝에 있는 대륙입니다. 남극에 대하여 좀 더 자세히 살펴봅시다.

남극은 지구상에서 가장 춥습니다. 대부분이 얼음으로 덮여 있으며, 눈과 얼음이 햇빛을 반사하기 때문에 다른 지역에 비해 기온이 낮습니다. 남극의 역대 최저 기온은 무려 영하 89.2℃였습니다.

남극에는 몇몇 동물과 식물이 살고 있습니다. 생물이 살아가기에 척박한 환경이지만 해표, 혹등고래, 황제펭귄, 윌슨바다제비, 칼집부리물떼새 등 다양한 동물이 살고 있습니다. 남극좀새풀과 남극개미자리 등 지의류와 선태류 같은 식물도 찾아볼 수 있습니다.

남극 대륙의 황제펭귄

남극에서는 특이한 기상 현상이 나타납니다. 햇빛이 얼음 결정에 반사되거나 굴절하여 태양이 세 개 뜬 것 같이 보이는 '환일 현상'이 대표적인 예입니다. 또 태양에서 나온 플라스마가 지구 대기로 들어오면서 빛을 발생하는 현상인 '오로라'도 볼 수 있습니다.

이와 같이 남극은 신비로운 점이 많은 지역입니다.

처음	남극은 지구의 가장 남쪽 끝에 있는 대륙이다.
가운데	• 남극은 지구상에서 가장 춥다. • 남극에는 몇몇 동물과 식물이 살고 있다. • 남극에서는 특이한 기상 현상이 나타난다.
끝	이와 같이 남극은 살펴보면 신비로운 점이 많은 지역이다.

남극은 지구의 가장 남쪽 끝에 있는 대륙이다. ______________

____

______ 이와 같이 남극은 신비로운 점이 많은 지역이다.

유형 3 글의 구조에 따라 내용 요약하기

먼저 각 문단의 중심 문장을 찾습니다. 그리고 이 중심 문장들을 연결해 처음, 가운데, 끝의 세 부분으로 정리합니다.

척박한 땅이 기름지지 못하고 몹시 메마른.
지의류 곰팡이와 조류가 함께 공동 생활하는 공생체. 곰팡이는 추위를 견디는 튼튼한 집이 되어 주고, 조류는 광합성으로 필요한 영양분을 만들어 곰팡이에게 제공함.
선태류 꽃을 만들지 않는 식물들 중 하나로, 최초로 육상 생활에 적응한 식물. 이끼 식물이라고도 함.
플라스마 태양 표면과 같이 온도가 매우 높은 경우, 플러스와 마이너스 전기를 갖는 입자로 분리된 상태의 기체를 부르는 말.

●**글의 종류** 설명문

●**글의 특징** 이 글은 종이가 발명되기 전 사용했던 점토판과 파피루스, 양피지, 죽간에 대하여 열거의 방법으로 설명하는 글입니다.

●**중심 내용**
1문단 종이가 발견되기 전 사용했던 수단에 대해 알아보기로 함.
2문단 메소포타미아에서는 점토판을 만들어 사용했음.
3문단 이집트에서는 파피루스라는 식물을 얇게 잘라 포갠 다음 두들겨 햇볕에 말려 종이처럼 사용했음.
4문단 페르가몬 왕국에서는 양피지를 만들어 사용했음.
5문단 중국에서는 죽간을 만들어 사용했음.
6문단 종이가 발명되기 이전에는 점토판, 파피루스, 양피지, 죽간 등을 글을 쓰는 데 사용했음.

●**낱말 풀이**
페르가몬 왕국 기원전 3세기에 소아시아에 세워진 고대 왕국. 기원전 2세기에 로마령이 됨.
표면 사물의 가장 바깥쪽.

지문 ★★☆
낱말 ★★☆

오늘날에는 글을 적는 데 종이를 널리 사용해요. 지금과 같은 종이는 105년경 처음 발명되었지요. 그렇다면 종이가 발명되기 전 사람들은 어디에 글을 적었을지 함께 알아보아요.

메소포타미아에서는 점토판을 만들어 사용했어요. 점토는 부드러운 흙이에요. 메소포타미아 사람들은 점토를 판 모양으로 평평하게 빚고, 그 위에 글을 새겼어요. 그런 다음 점토판을 햇볕에 바짝 말리거나 불에 구워 보관했어요.

㉠이집트에서는 파피루스를 만들어 사용했어요. ㉡파피루스는 이집트의 나일강가에서 많이 자라는 식물이에요. ㉢파피루스의 줄기를 얇게 잘라 가로세로로 포갠 다음, 두들겨서 햇볕에 말리면 종이처럼 되었어요. ㉣이렇게 만들어진 것도 '파피루스'라고 불렀지요. ㉤이집트 사람들은 파피루스에 글을 쓴 뒤 둘둘 말아 보관했어요.

페르가몬 왕국에서는 양피지를 만들어 사용했어요. 양피지는 소, 양, 염소 같은 동물의 가죽으로 만든 거예요. 가죽의 털을 제거하고 표면을 하얗게 만들어, 얇고 평평하게 늘리면 양피지가 완성됐지요. 이렇게 만들어진 양피지는 질겨서 오랫동안 보관할 수 있었지만, 동물 가죽으로 만들다 보니 귀하고 값이 비쌌어요.

중국에서는 죽간을 만들어 사용했어요. 죽간에서 '죽'은 한자로 '대나무'를 뜻해요. 죽간은 대나무를 길게 조각낸 다음, 여러 개의 조각을 비단이나 가죽끈으로 엮은 거예요. 죽간은 종이가 발명되기 전까지 중국에서 글을 적는 수단으로 많이 사용되었어요. 하지만 대나무로 만들다 보니 무겁다는 단점이 있었어요.

이처럼 사람들은 종이가 발명되기 이전에도 점토판, 파피루스, 양피지, 죽간 등에 글을 적었어요. 이 외에도 동물의 뼈나 돌에 글을 새기기도 하였답니다.

1 이 글에서 설명한 내용으로 알맞지 않은 것은 무엇입니까? (　　　　)

이해

① 양피지는 소, 양, 염소 같은 동물의 가죽으로 만든 것이다.
② 죽간은 대나무를 조각내 비단이나 가죽끈으로 엮은 것이다.
③ 양피지는 질겨서 오랫동안 보관할 수 있었지만 귀하고 값이 비쌌다.
④ 메소포타미아에서는 점토판을 햇볕에 바짝 말려 그 위에 글을 새겼다.
⑤ 파피루스 식물의 줄기를 잘라 포개고 두들겨 햇볕에 말리면 종이처럼 되었다.

2주 1일 학습 끝!

붙임 딱지 붙여요.

2 ㉠~㉤ 중 중심 문장에 해당하는 것의 기호를 쓰세요. (　　　　　　　　)

구조

3 다음 중 보기 와 같은 낱말의 관계가 아닌 것은 무엇입니까? (　　　　)

어휘

보기

이름 – 성함　　　　　나이 – 연령

① 수단 – 도구　　　　② 포개다 – 겹치다
③ 귀하다 – 흔하다　　④ 보관하다 – 간수하다
⑤ 평평하다 – 판판하다

4 이 글의 내용을 요약할 때 빈칸에 들어갈 알맞은 문장을 쓰세요.

구조

지금과 같은 종이는 105년경에 처음 발명되었다. 종이가 발명되기 전 메소포타미아에서는 점토판을 만들어 사용했다. 그리고 ________________

____

____

이 외에도 사람들은 동물의 뼈나 돌에 글을 새기기도 하였다.

07 글쓴이의 경험 다발 짓기

2주

★ 카드에 적힌 문장이 일어난 일을 나타내면 '일', 생각이나 느낌을 나타내면 '생각'이라고 쓰세요.

잠들기 전 달팽이를 살펴보았다.

(1)

신기하고 다행이라고 생각하였다.

(2)

이모가 준 상추에 달팽이가 붙어 있는 것을 발견하였다.

(3)

주제탐구

시간 흐름과 장소 변화에 따라 일어난 일을 정리할 수 있습니다. 이 흐름에 맞게 생각이나 느낌을 묶는 것을 '다발 짓기'라고 합니다. 일어난 일과 일에 대한 생각이나 느낌을 '처음–가운데–끝'으로 묶어 쓴 글은 좀 더 짜임새를 갖추게 됩니다.

1 왼쪽의 '상추에서 달팽이를 발견한 일'을 글로 쓰기 위해 다발 짓기를 했어요. 빈칸에 들어갈 알맞은 말을 보기 에서 골라 기호를 쓰세요.

보기
㉮ 잠들기 전 달팽이를 살펴봄. ㉯ 신기하고 다행이라고 생각함.
㉰ 이모가 준 상추에 달팽이가 붙어 있는 것을 발견함.

일어난 일		생각이나 느낌
• (1) ( )	처음	• 깜짝 놀랐음.
• 달팽이를 집에서 키우기로 함. • 달팽이를 작은 통에 담고 상추를 넣어 주니 먹음.	가운데	• 기분이 좋고 신이 남. • (2) ( )
• (3) ( )	끝	• 잘 자랐으면 좋겠다고 생각함.

2 〈문제 1번〉의 다발 짓기 내용을 바탕으로 쓴 글이에요. 일이 일어난 차례대로 빈칸에 숫자를 쓰세요.

잠들기 전 달팽이가 괜찮은지 살펴보았다. 달팽이는 껍데기 속에 몸을 쏙 숨기고 있었다. 앞으로 달팽이가 우리 집에서 건강하게 잘 자랐으면 좋겠다고 생각하였다. ☐

이모가 텃밭에서 뜯어 온 상추를 갖다 주셨다. 엄마와 상추를 정리하는데, 달팽이 한 마리가 잎에 붙어 꿈틀대고 있었다. 엄마와 나는 깜짝 놀랐다. ☐

엄마와 나는 작은 통에 달팽이를 옮겨 담고 상추를 넣어 주었다. 조금 뒤 달팽이가 껍데기 속에서 머리를 내밀더니 상추를 먹기 시작했다. 신기하면서도 다행이라는 생각이 들었다. ☐

우리는 달팽이를 어떻게 할까 고민하다 집에서 키우기로 했다. 달팽이를 마땅히 놓아줄 곳이 집 근처에 없었기 때문이다. 달팽이를 키울 생각을 하니 기분이 좋고 신이 났다. ☐

● (1~2) 다음을 읽고 물음에 답하세요.

㉠일요일, 엄마와 아빠가 영 기운이 없어 보이셨다. 두 분 다 회사일로 눈코 뜰 새 없이 바쁘다고 하시더니 피곤하신 모양이었다. 나는 안타깝고 걱정스러운 마음이 들었다. 언니도 나와 같은 생각이었다.

우리는 부모님을 위해 무얼 할까 고민하다가 요리를 만들어 드리기로 했다. 메뉴는 김치볶음밥으로 결정했다. 만들기도 번거롭지 않고, 두 분 다 좋아하시는 음식이기 때문이다. 언니는 몇 번 해 봐서 자신 있다고 하였다. 우리는 손발을 맞춰 열심히 김치볶음밥을 만들었다. 엄마 아빠는 걱정이 되셨는지 도와주시겠다며 자꾸 나와 보셨다. 나는 염려 말고 들어가시라고 말씀드렸다. 그리고 드디어 김치볶음밥을 완성했다. 김치볶음밥을 예쁘게 담은 뒤, 부모님을 모시고 나왔다. ㉡엄마 아빠는 하나도 남기지 않고 맛있게 드셨다. 여태껏 먹은 김치볶음밥 중에 제일 맛있었다는 말씀도 해 주셨다. 나는 마음이 뿌듯했다. 엄마 아빠를 위해 요리하기를 정말 잘했다는 생각이 들었다.

유형 1 글쓴이의 경험 찾기

글쓴이가 경험한 일을 파악하는 문제입니다.

1 이 글은 어떤 경험을 쓴 글입니까? (　　　)

국어

① 김치볶음밥을 사 먹은 일
② 언니와 김치볶음밥을 먹은 일
③ 김치볶음밥을 만드는 방법을 검색한 일
④ 부모님께 김치볶음밥을 만들어 드린 일
⑤ 김치볶음밥을 만드시는 부모님을 본 일

유형 2 글쓴이의 생각이나 느낌 파악하기

글에서 일어난 일에 대한 글쓴이의 생각이나 느낌을 찾습니다.

2 ㉠, ㉡에 대한 '나'의 생각이나 느낌으로 알맞은 것에 ○표 하세요.

국어

(1) ㉠ 뿌듯한 마음, ㉡ 행복한 마음 (　　　)
(2) ㉠ 부끄러운 마음, ㉡ 행복하고 뿌듯한 마음 (　　　)
(3) ㉠ 안타깝고 걱정스러운 마음, ㉡ 뿌듯한 마음 (　　　)
(4) ㉠ 자랑스러운 마음, ㉡ 안타깝고 걱정스러운 마음 (　　　)

3 (가), (나)를 비교한 내용으로 알맞은 것을 모두 고르세요. (　　　　　　)

국어 (가)

일어난 일		생각이나 느낌
• 가족끼리 계곡에 감.	처음	• 기분이 좋았음.
• 계곡물에 발을 담금. • 나무 근처의 다람쥐를 봄.	가운데	• 머리끝까지 시원해지는 느낌이었음. • 놀랍고 신기함.
• 집으로 향함.	끝	• 여름이 지나기 전에 또 가 봤으면 좋겠다고 생각함.

⬇

(나) 방학을 맞아 가족끼리 계곡으로 놀러 갔다. 찜통더위를 피해 시원한 곳에 있을 생각을 하니 기분이 좋았다.

계곡에 도착하니 많은 사람들이 와 있었다. 모두 더위를 피해 온 모양이었다. 우리 가족은 넓은 바위 위에 자리를 펴고 짐을 내려놓았다. 그런 다음 계곡으로 가서 발을 담갔다. 가만히 있으니 머리끝까지 시원해지는 느낌이었다.

"엇! 저기 다람쥐다!"

동생이 가리키는 곳을 보니, 나무 근처에 다람쥐가 있었다. 이런 곳에 다람쥐가 있다니 놀랍고 신기했다. 물에서 나온 우리 가족은 도시락을 먹고 몇 번 더 계곡물에 발을 담근 뒤, 집으로 향했다.

요사이 날씨가 너무 더워 힘들었는데, 시원한 곳에서 지내다 와서 정말 즐거웠다. 여름이 지나기 전에 또 가 봤으면 좋겠다.

① 글에는 다발 짓기에 없는 내용도 들어 있다.
② 다발 짓기 내용이 글에 비해 좀 더 생생한 느낌을 준다.
③ 글은 다발 짓기 내용에 좀 더 자세한 내용을 넣어 나타냈다.
④ 다발 짓기 내용에는 글쓴이의 경험이 있지만, 글에는 빠져 있다.
⑤ 다발 짓기 내용과 달리 글에는 글쓴이의 생각과 느낌이 들어 있지 않다.

유형 3 다발 짓기 한 내용과 글 비교하기

글 쓰기 전 다발 짓기 한 내용과 글로 표현한 내용이 어떻게 다른지 차이점을 비교합니다.

●글의 종류 생활문

●글의 특징 '나'가 정월 대보름날 저녁, 엄마와 함께 공원에 가서 여러 행사를 체험한 경험을 적은 글입니다. 시간의 흐름에 따라 '나'가 겪은 일과 겪은 일에 대한 생각이나 느낌이 생생하게 드러나 있습니다.

●낱말 풀이
달집태우기 음력 정월 대보름날 달이 떠오를 때에 달집에 불을 지르며 노는 풍속.
다리밟기 정월 보름날 밤에 다리를 밟는 풍속. 이날 다리를 밟으면 일 년간 다릿병을 앓지 아니하며, 열두 다리를 건너면 일 년 열두 달 동안의 액을 면한다고 함.

정월 대보름날 저녁 엄마와 함께 근처 공원으로 향했다. 대보름을 맞아 펼쳐지는 놀이마당을 보기 위해서였다. 공연을 보고 달집태우기도 구경할 생각을 하니 마음이 설레었다.

공원에 도착하자 많은 사람들이 와 있었다. 엄마와 나는 빈자리를 찾아 앉았다. 조금 뒤, 기다리던 풍물놀이 공연이 시작되었다. 한복을 입은 풍물단이 나와 꽹과리, 장구, 북 같은 여러 악기를 연주하며 흥겨운 무대를 펼쳐 보였다. 공연을 보고 있자니 나도 덩달아 신이 나고 즐거웠다. 다른 관객들도 나처럼 즐거웠는지 다들 박수를 치며 환호를 보냈다.

한바탕 공연이 끝나고, 다리밟기 행사가 열렸다. 이곳에는 다리가 없는데, 어떻게 다리밟기를 한다는 걸까 궁금했다. 알고 보니 공연장 한편에 모형으로 만든 돌다리가 마련되어 있었다. 엄마와 나는 다른 관람객들과 함께 차례로 줄을 서서 다리를 건넜다. 책으로만 봤던 다리밟기를 체험해 보니 재미있으면서도 색다른 기분이 들었다.

우리는 공연장 옆쪽에 마련되어 있는 달집태우기 장소로 걸음을 옮겼다. 나무로 만든 커다란 달집에는 사람들의 소원이 적힌 색색의 종이가 달려 있었다. 곧 횃불을 든 사람들이 달집에 불을 붙이자, 아래에서부터 위로 활활 타오르기 시작했다. 달집이 타오르자 빙 둘러싸고 구경을 하던 사람들은 손을 모아 소원을 빌었다. 나도 가족 모두 행복하게 해 달라는 소원을 빌었는데, 소원이 이루어졌으면 좋겠다고 생각하였다.

구경을 마친 나는 엄마와 집으로 돌아왔다. 엄마 말씀에 따르면, 내년 정월 대보름에도 오늘 같은 행사가 열릴 것이라고 한다. 내년에도 꼭 가 봐야겠다고 생각하였다.

지문 ★★☆

낱말 ★☆☆

1 이해 **글쓴이가 이 글을 쓴 까닭은 무엇입니까? (　　　　)**

① 공연을 볼 때 질서를 잘 지키자고 주장하려고
② 정월 대보름의 유래와 풍속에 관해 설명하려고
③ 우리 민족 고유의 명절을 잘 지켜 나가자고 주장하려고
④ 정월 대보름에 풍물놀이 공연에 참가한 경험을 나타내려고
⑤ 엄마와 정월 대보름날 놀이마당에 다녀온 경험을 나타내려고

붙임 딱지 붙여요.

2 이해 **이 글의 시간적 배경은 언제인지 찾아 쓰세요.**

(　　　　　　　　　　　　　　　　)

3 이해 **이 글에서 글쓴이가 겪은 일로 알맞지 <u>않은</u> 것은 무엇입니까? (　　　　)**

① 엄마와 모형으로 만든 돌다리를 건넜다.
② 달집에 불을 붙여 활활 타는 것을 보았다.
③ 친구들과 함께 흥겨운 풍물놀이 공연을 펼쳤다.
④ 사람들의 소원이 적힌 종이가 달린 달집을 보았다.
⑤ 가족들이 모두 행복하게 해 달라는 소원을 빌었다.

4 구조 **이 글을 처음, 가운데, 끝으로 정리할 때 가운데 부분에 들어갈 글쓴이의 생각이 나 느낌을 <u>모두</u> 고르세요. (　　　　　　　　)**

① 마음이 설레었다.
② 나도 덩달아 신이 나고 즐거웠다.
③ 재미있으면서도 색다른 기분이 들었다.
④ 내년에도 꼭 가 봐야겠다고 생각하였다.
⑤ 소원이 이루어졌으면 좋겠다고 생각하였다.

08 글쓴이의 주장 파악하기

2주

★ 친구들이 저마다 다양한 주장을 펼치고 있어요. 친구들이 어떤 주장을 하고 있는지 빈칸에 알맞은 말을 쓰세요.

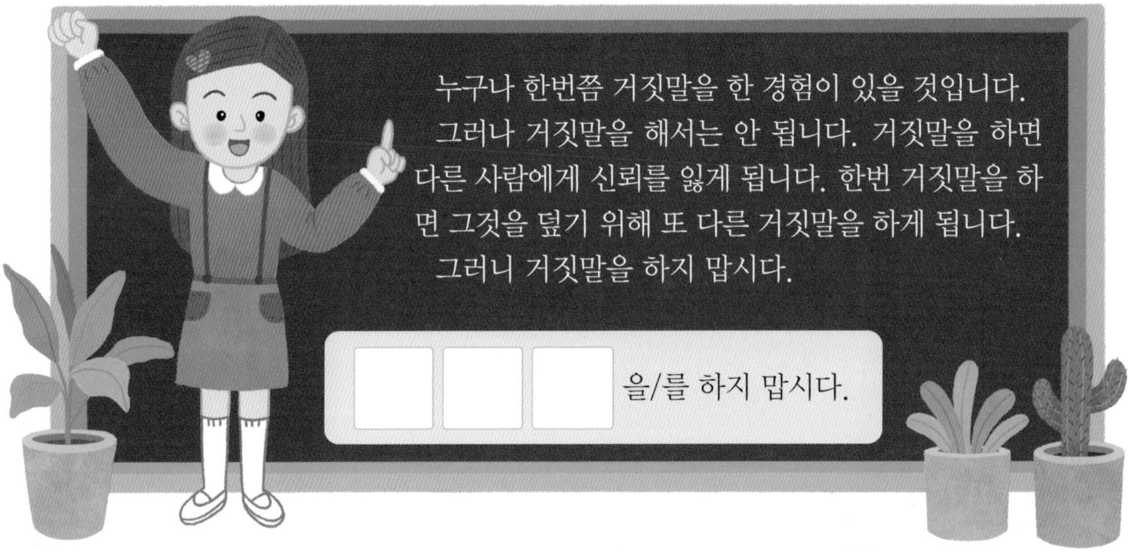

주제 탐구

주장이란 어떤 문제에 대해 내세우는 글쓴이의 의견입니다. 주장을 파악하려면 글쓴이가 여러 번 강조해서 자주 사용한 낱말을 살펴보거나 글에 어울릴 만한 제목을 생각합니다. 또, 각 문단의 중심 내용을 정리해 보는 것도 방법입니다.

1 주장과 주장을 파악하는 방법에 대한 설명으로 알맞은 것을 골라 ○표 하세요.

(1) 주장은 대개 '~하자.', '~해야 한다.'로 표현한다. [ ]

(2) 주장은 글쓴이의 의견을 뒷받침해 주는 내용이다. [ ]

(3) 각 문단의 중심 내용은 글쓴이의 주장과는 별로 상관없다. [ ]

(4) 제목과 글에서 강조하는 낱말을 살펴보면 주장을 파악할 수 있다. [ ]

(5) 글쓴이가 제시한 근거를 살펴보면 주장을 파악하는 데 도움이 된다. [ ]

2 다음 중 글쓴이의 주장으로 알맞은 것은 무엇입니까? (   )

'점자'는 시각 장애인이 손가락으로 읽을 수 있도록 만들어진 문자입니다. 그런데 약이나 생필품에 점자가 표기되어 있지 않아 시각 장애인들이 불편을 겪는 경우가 많습니다. 점자로 이름이나 내용을 확인할 수 없다 보니 엉뚱한 약이나 유통 기한이 지난 식품을 먹고 탈이 나기도 합니다. 이러한 문제가 생기지 않도록 앞으로는 의약품이나 생필품에 점자 표기를 늘려야 합니다.

① 점자책을 더욱 많이 만들어야 한다.
② 식품의 유통 기한을 잘 확인해야 한다.
③ 잘못된 점자 블록을 빨리 교체해야 한다.
④ 의약품이나 생필품에 점자 표기를 늘려야 한다.
⑤ 약을 복용할 때에는 헷갈리지 않도록 주의해야 한다.

유형 1 자주 나오는 낱말 파악하기

글쓴이가 의견을 강조하기 위해 반복하여 사용한 낱말을 찾습니다.

1 이 글에서 가장 많이 쓰인 낱말끼리 짝 지은 것에 ○표 하세요.

도덕

이기심이란 자신만의 이익을 꾀하는 마음을 뜻합니다. 혼자만 편한 일을 하려고 하거나, 좋은 것이 있을 때 독차지하려는 것은 모두 이기심에서 비롯된 행동입니다. 이기적인 행동은 남에게 피해를 줍니다. 내가 이득을 보거나 쉬운 일을 하는 만큼, 다른 사람은 손해를 입고 어려운 일을 해야 하기 때문입니다. 그리고 사람은 여럿이 어울려 살아가야 하므로 이기적인 행동을 하면 사람들과의 관계에 문제가 생기게 됩니다. 누구도 이기적인 행동을 하는 사람과 일하거나 어울리려고 하지 않기 때문입니다. 그러니 이기적인 행동은 해서는 안 됩니다.

(1) 피해, 손해, 어려운 일 ( )
(2) 이기심, 이기적인 행동 ( )
(3) 사람들과의 관계, 문제 ( )
(4) 자신만의 이익, 편한 일, 쉬운 일 ( )

유형 2 주장을 파악하여 제목 짐작하기

글쓴이의 주장이 잘 드러나는 제목으로 알맞은 것을 떠올리는 문제입니다.

분분하다 소문이나 의견 같은 것이 많아 갈피를 잡을 수 없다.
애초에 맨 처음에.
생태적인 생물이 살아가는 모양이나 상태와 관련된.
습득할 학문이나 기술 따위를 배워서 자기 것으로 만들.
좌우되는 어떤 일에 영향이 주어져 지배되는.

2 이 글의 제목으로 알맞은 것은 무엇입니까? ( )

사회

동물원이 필요한가를 놓고 의견이 분분하다. 그런데 정말 동물원이 필요할까? 동물원은 애초에 사람이 동물을 관람하려고 만든 곳이다. 그러다 보니 동물이 아닌 사람 위주의 시설로 구성되어 있다. 동물들은 원래 살던 자연환경이나 습성이 전혀 고려되지 않은 우리에 갇혀 평생을 살아야 한다. 어떤 이는 동물에 대한 생태적인 지식을 얻고, 생명의 소중함을 깨달을 수 있으므로 동물원이 있어야 한다고 주장한다. 하지만 동물에 관한 지식은 책을 통해서도 습득할 수 있다. 또 사람에게 잡혀 우리에 갇힌 동물을 관람하는 것은 교육적으로 좋지 않다. 동물을 그저 구경거리라고 생각하거나, 인간에 의해 좌우되는 수동적인 존재로 받아들일 수 있기 때문이다. 동물은 지배하는 대상이 아니라 공존해 나가야 하는 대상이다. 동물원은 이제 마땅히 없어져야 한다.

① 동물원의 환경을 개선하자
② 동물을 위한 동물원을 만들자
③ 동물원은 이제 없어져야 한다
④ 동물원, 교육적 효과가 있을까?
⑤ 동물원의 동물들에게 살 곳을 선택할 자유를 주자

3 각 문단의 중심 내용을 정리할 때 빈칸에 알맞은 내용을 쓰세요.

사회

(가) 요즘 누리 소통망 중독에 빠진 사람들이 증가하고 있습니다. 끊임없이 사진을 올리고, 사람들의 반응을 일일이 확인하며 잠시라도 들여다보지 않으면 불안해하는 것입니다.

(나) 누리 소통망에 중독되면 사람들과의 사이가 멀어집니다. 누리 소통망을 확인하느라 정작 현실에서는 다른 사람과 소통하거나 함께 시간을 보내지 않기 때문입니다. 이런 일이 반복되면 주변 사람과의 사이가 나빠질 수밖에 없습니다.

(다) 누리 소통망 중독 때문에 우울감에 빠질 수도 있습니다. 다른 사람들이 올린 화려하고 멋진 모습을 자신의 생활과 비교하기 때문입니다. 그러다 보면 점점 더 자신이 초라하다고 느껴 우울감에 빠집니다.

(라) 누리 소통망에 중독되면 일상생활도 제대로 할 수 없습니다. 누리 소통망을 하는 데 대부분의 시간을 쏟다 보니, 중요한 업무를 놓치거나 할 일을 제때 끝내지 못하게 됩니다.

(마) 이와 같이 누리 소통망 중독은 다양한 문제를 불러일으킵니다. 따라서 누리 소통망에 중독되지 않도록 주의를 기울여야 합니다.

(가)	누리 소통망 중독에 빠진 사람들이 증가하고 있다.
(나)	누리 소통망에 중독되면 사람들과의 사이가 멀어진다.
(다)	(1)
(라)	(2)
(마)	누리 소통망에 중독되지 않도록 주의를 기울여야 한다.

유형 3 문단의 중심 내용 파악하기

글쓴이의 주장을 파악할 수 있는 각 문단의 중심 내용을 파악합니다.

중독 어떤 사상이나 사물에 젖어 버려 제대로 사물을 판단할 수 없는 상태.
정작 실제로 어떤 일에 이르러.
우울감 근심스럽거나 답답하고 기분이 언짢은 느낌.

●글의 종류 논설문

●글의 특징 비만세 도입으로 발생할 수 있는 문제점을 근거로 '비만세'를 도입해서는 안 된다고 주장하는 글입니다.

●중심 내용
1문단 몇몇 국가에서 시행하고 있는 비만세를 도입해야 하는지 생각해 보아야 함.
2문단 사람들의 식습관은 금세 바뀌지 않으므로 비만세의 효과를 보장할 수 없음.
3문단 비만세는 사람들에게 경제적인 부담을 줌.
4문단 비만세는 소비자의 선택권도 침해함.
5문단 비만세를 도입하기보다는 신선한 식품을 부담 없이 살 수 있는 환경을 만들어야 함.

●낱말 풀이
도입해 기술, 방법, 물자 따위를 끌어 들여.
시행하고 실지로 행하고.
논쟁 서로 다른 생각을 가진 사람들이 자기의 주장을 말이나 글로 논하여 다툼.
침해합니다 침범하여 해를 끼칩니다.

지문 ★★★
낱말 ★★☆

'비만세'란 버터, 초콜릿, 피자, 탄산음료처럼 비만을 일으키는 식품에 ㉮매기는 세금입니다. ㉠비만인 사람이 늘면서 사회적으로 문제가 되자 이를 해결하기 위한 방법으로 비만세가 등장하였습니다. 멕시코, 프랑스, 헝가리 등 몇몇 국가에서는 비만세를 도입해 시행하고 있습니다. 우리나라에서도 몇 년 전, 비만세 도입을 놓고 뜨거운 논쟁이 벌어진 적이 있습니다. 그런데 과연 비만세를 도입해야 하는지는 생각해 보아야 합니다.

㉡비만세는 그 효과를 보장할 수 없습니다. 흔히 비만세를 매긴 식품은 값이 비싸므로 사람들이 사 먹기 힘들어 비만을 예방하거나 해결할 수 있다고 주장합니다. 하지만 처음에는 가격이 부담스러워 안 살지 몰라도, 시간이 지나면 원래대로 구입할 가능성이 큽니다. 사람들의 식습관은 금세 바뀌지 않기 때문입니다. 실제로 비만세를 가장 먼저 도입한 덴마크에서는 국민들이 비만세가 없는 이웃 나라에 가서 식품을 사 오는 일이 벌어졌습니다. 결국 덴마크는 일 년 만에 비만세를 ㉯폐지했습니다.

㉢비만세는 사람들에게 경제적인 부담을 줍니다. 비만세를 매기면 비만이 아닌 사람도 햄버거나 탄산음료 같은 식품을 ㉰구입할 때 비싼 값을 치러야 합니다. 또한 비만세를 매기는 식품들은 다른 음식에 비해 상대적으로 가격이 싸기 때문에 저소득층에서 많이 소비합니다. 때문에 비만세를 도입하면 저소득층이 더욱 경제적인 어려움을 겪을 우려가 있습니다.

㉣비만세는 소비자의 선택권도 침해합니다. 사람에게는 자신이 먹을 음식을 자유롭게 ㉱선택할 권리가 있습니다. 그런데 비만세를 매겨 식품의 값을 올리면, 먹고 싶은 음식을 마음대로 못 먹게 됩니다.

지금껏 살펴본 바와 같이 비만세는 여러 가지 ㉲문제점을 안고 있습니다. ㉤비만세를 도입하기보다는 비만의 위험성을 널리 알리고 신선한 채소와 과일, 고기 같은 질 좋은 식품을 부담 없는 가격에 살 수 있는 환경을 만들어야 합니다.

붙임 딱지 붙여요.

1 이해

이 글에 나타난 글쓴이의 주장으로 알맞은 것은 무엇입니까? (   )

① 비만세를 도입해야 한다.
② 비만세를 폐지해야 한다.
③ 비만세를 도입해서는 안 된다.
④ 비만세의 장점을 널리 알리자.
⑤ 비만세를 매기는 식품을 늘리자.

2 이해

㉠~㉤ 중 이 글의 근거에 해당하는 것을 모두 골라 기호를 쓰세요.

(   )

3 이해

이 글의 내용으로 알맞지 않은 것은 무엇입니까? (   )

① 비만세를 가장 먼저 도입한 나라는 덴마크이다.
② 비만세는 비만을 일으키는 식품에 매기는 세금이다.
③ 덴마크에서는 비만세를 도입하여 비만 문제를 해결하였다.
④ 멕시코, 프랑스, 헝가리 등에서는 비만세를 시행하고 있다.
⑤ 우리나라에서도 비만세 도입을 놓고 논쟁이 벌어진 적이 있다.

4 어휘

㉮~㉲와 바꾸어 쓸 수 있는 말로 알맞지 않은 것은 무엇입니까? (   )

① ㉮ 매기는 → 부과하는
② ㉯ 폐지했습니다. → 없앴습니다.
③ ㉰ 구입할 → 살
④ ㉱ 선택할 → 고를
⑤ ㉲ 문제점 → 장점

09 근거의 적절성 파악하기

2주

★ 네 개의 퍼즐 조각에는 주장에 대한 근거가 적혀 있어요. 이 중 주장을 뒷받침할 만한 근거로 알맞은 것을 <u>모두</u> 골라 ○표 하세요.

(1) 도서관의 책을 소중히 다루어야 한다.

① 도서관의 책은 여러 사람이 함께 본다.

② 책을 많이 읽으면 지식이 쌓인다.

③ 지저분한 책을 보면 불쾌감이 든다.

④ 훼손된 책은 다시 사면 된다.

(2) 바다에 함부로 쓰레기를 버리지 말자.

① 바다가 오염된다.

② 선박 사고의 원인이 된다.

③ 관광 산업이 활성화된다.

④ 해양 생물이 피해를 입는다.

주제 탐구

근거는 글쓴이의 주장을 뒷받침하는 내용입니다. 근거가 적절하지 않으면 주장을 신뢰하기 어렵습니다. 근거가 적절한지 판단하려면, 주장과 관련이 있는지, 내용이 타당한지, 설득력이 있는지 등을 살펴봅니다.

1 ㉠~㉢ 중 글쓴이의 주장에 대한 근거로 적절하지 <u>않은</u> 것의 기호를 쓰세요.

( )

'신상 털기'란 특정 인물의 신상에 관련된 정보를 알아내어, 인터넷에 공개하는 것을 말합니다. 사람들은 주로 잘못을 저지른 사람을 벌하기 위해 이러한 행동을 합니다. <u>㉠그러나 다른 사람의 신상 정보를 여러 사람에게 공개하는 것은 엄연히 법을 어기는 행위입니다.</u> <u>㉡또 전화번호가 비슷하거나 이름과 나이가 같다는 이유로 엉뚱한 사람의 신상이 공개되어 문제가 된 사례도 많습니다.</u> <u>㉢잘못에 대한 책임을 묻기 위해 신상 털기를 한다지만, 실제로 죄를 지은 사람이 신상 털기로 인해 입는 피해는 거의 없습니다.</u> 그러니 다른 사람의 신상 정보를 알아내어 공개하는 일을 하지 맙시다.

2 주장을 뒷받침하는 근거로 사용하기에 알맞으면 ○표, 그렇지 않으면 X표 하세요.

(1) 내용이 주관적인 근거 ☐

(2) 내용이 과학적으로 입증된 근거 ☐

(3) 사람들이 인정하기 어려운 근거 ☐

(4) 정확한 통계 자료를 인용한 근거 ☐

(5) 권위 있는 전문가의 말을 인용한 근거 ☐

(6) 신문 기사, 역사적 사실을 인용한 근거 ☐

유형 1 **주장에 알맞은 근거 내용 찾기**

'통일이 이루어져야 한다.'는 글쓴이의 주장을 뒷받침할 수 있는 근거를 고릅니다.

격차 빈부, 임금, 기술 수준 따위가 서로 벌어져 다른 정도.
대치 서로 맞서서 버팀.

1 이 글의 주장을 뒷받침할 수 있는 근거를 모두 고르세요. (　　　　　　)

사회

70여 년 전 우리나라는 남과 북으로 갈라졌습니다. 그리고 지금까지 분단된 상태로 살고 있습니다. 그런데 사람들 가운데에는 '통일을 꼭 해야 할까?'라고 생각하는 이들이 있습니다. 통일을 하면 경제적으로 부담해야 할 비용이 늘어나고, 사회적으로 혼란이 생길 것이라고 예상하기 때문입니다. 하지만 여러 가지 면에서 보았을 때 통일은 이루어져야 합니다.

① 남북의 격차를 없애기 위해 많은 비용이 들어간다.
② 남북 간의 전쟁 위험에서 벗어나 마음 편히 살 수 있다.
③ 남북 대치 상황 때문에 들어갔던 국방비를 아낄 수 있다.
④ 다른 환경에서 살던 남북 사람들 사이에 갈등이 생길 수 있다.
⑤ 남한의 기술과 북한의 자원이 만나 경제적으로 성장할 수 있다.

유형 2 **제시된 근거의 적절성 판단하기**

근거가 주장과 관련이 있는지, 설득력이 있는지, 내용이 타당한지 등 근거의 적절성을 판단합니다.

2 이 글에 제시된 근거가 적절한지 알맞게 판단한 것에 ○표 하세요.

국어

'줄임 말'이란 낱말의 일부분을 줄여서 만든 말을 뜻한다. 생일 선물을 줄인 '생선', 고속버스 터미널을 줄인 '고터', 문화 상품권을 줄인 '문상' 등이 그 예이다. 줄임 말은 한번 만들어지면 인터넷과 누리 소통망을 통해 빠르게 퍼져 나간다. 그러나 과연 이 줄임 말을 계속 사용해도 괜찮은지는 따져 보아야 한다.

줄임 말을 잘 모르는 사람은 대화할 때 소외감을 느낄 수 있다. 또한 줄임 말에 익숙한 세대와 그렇지 않은 세대가 의사소통을 할 때 문제가 생길 수도 있다. 소통이 이루어지지 않는다면 대화가 가로막히게 된다. 그러므로 생활 속에서 줄임 말을 아무렇지 않게 사용해서는 안 된다.

(1) 주장과 관련 있는 내용이 아니므로, 근거로서 적절하지 못해.

(2) 내용이 주장과 관련 있고, 설득력이 있어서 근거로 적절해.

(3) 설득력 있지만 전문가의 말이 아니라서 근거로 적절하지 않아.

3 ㉠~㉣ 중 근거로 적절하지 않은 것의 기호를 쓰세요. (　　　)

사회

사형제는 범죄를 저지른 사람의 생명을 빼앗는 형벌입니다. 우리나라는 1997년 이후 사형이 집행되지 않고 있지만 아직 법적으로 사형제가 존재합니다. 이제 이러한 사형제는 완전히 폐지되어야 한다고 봅니다.

㉠아무리 형벌이라고 해도 사람에게 다른 사람의 목숨을 빼앗을 권리는 없기 때문입니다. ㉡더욱이 죄가 없음에도 잘못된 수사와 판결 때문에 사형을 당하는 경우도 있습니다. 이런 경우 나중에 진실이 밝혀져도 억울하게 죽은 사람의 목숨을 되돌릴 방법이 없습니다.

㉢또한 사형제가 있다고 범죄율이 줄어드는 것은 아니라는 연구 결과도 있습니다. ㉣영국에서는 이미 사형제를 폐지하였습니다. 사람의 생명을 앗는 사형제는 없어져야 합니다.

유형 3 주장을 뒷받침하지 못하는 근거 찾기

설득력이 부족하여 주장을 뒷받침하기에 적절하지 않은 근거를 찾습니다.

수사 경찰이나 검찰에서 범인을 잡기 위해 사건을 조사하는 일.
앗는 빼앗거나 가로채는.

4 ㉠이 근거로 적절하지 않은 까닭은 무엇입니까? (　　　)

도덕

어떤 일을 하기 전에 계획을 세우면 다양한 효과를 볼 수 있다. 우선 시간을 허비하는 것을 막을 수 있다. 예를 들어, 여행을 갈 때 미리 어디에서 묵을지, 어느 곳을 둘러볼지 계획하면 시간을 알차게 보낼 수 있다.

미리 일을 처리할 방법과 절차에 대한 계획을 세우면 일을 좀 더 쉽고 빠르게 처리할 수도 있다. 또 ㉠계획을 세우면 원하는 목표가 무엇이든 모두 달성할 수 있다. 짜여진 계획대로 하면 못 이룰 목표가 없기 때문이다. 그러니 일을 시작하기 전에는 계획을 세우자.

① 통계 자료가 아니기 때문에
② 내용이 사실이 아니기 때문에
③ 최근 조사한 연구 결과가 아니기 때문에
④ 전문가의 말을 인용한 것이 아니기 때문에
⑤ 반대되는 주장을 뒷받침하는 근거이기 때문에

유형 4 근거로 적절하지 않은 까닭 알기

글쓴이가 제시한 근거가 주장을 뒷받침하지 못하는 까닭을 찾습니다.

허비하는 헛되이 쓰는.

●**글의 종류** 논설문

●**글의 특징** 이 글은 빛 공해로 인해 생기는 여러 문제점을 근거로 들어 빛 공해를 줄이도록 노력하자고 주장하는 글입니다.

●**중심 내용**
1문단 빛 공해는 여러 면에서 악영향을 끼침.
2문단 사람이 밤에 지나친 인공 빛에 노출되면 건강에 문제가 생김.
3문단 빛 공해는 농작물의 성장을 방해해 수확량이 감소함.
4문단 빛 공해는 동물들에게도 심각한 피해를 입힘.
5문단 인공 불빛은 공해를 일으킬 수 있으므로, 빛 공해를 줄이도록 노력해야 함.

●**낱말 풀이**
과도한 정도에 지나친.
악영향 나쁜 영향.
면역력 외부에서 들어온 병원균에 저항하는 힘.
방향 감각 공간적으로 자기의 위치와 방향을 지각할 수 있는 능력.
경관 산이나 들, 강, 바다 따위의 자연이나 지역의 풍경.

지문 ★★☆
낱말 ★★☆

'빛 공해'는 과도한 인공 불빛으로 인해 생기는 공해입니다. 대형 전광판이나 건물의 내부와 외부를 장식하는 화려한 조명, 길가의 수많은 가로등과 같은 인공조명이 빛 공해의 원인입니다. 언뜻 생각하면 '빛이 왜 공해가 될까?'라는 궁금증을 가질 수도 있습니다. 그러나 밤을 환하게 밝히는 과도한 빛은 여러 면에서 악영향을 끼칩니다.

㉠사람이 밤에 지나친 인공 빛에 노출될 경우, 건강에 문제가 생깁니다. 환한 빛으로 인해 수면의 질이 떨어지게 되고, 그런 일이 반복되면 두통이나 불면증, 우울증 같은 질환에 걸릴 수 있기 때문입니다. 뿐만 아니라 빛 공해는 우리 몸의 면역력을 떨어뜨리고 암에 걸릴 확률을 높이기도 합니다.

㉡빛 공해는 벼나 콩, 들깨 같은 농작물에도 영향을 줍니다. 인공조명 주변에 있는 농작물들은 스트레스 때문에 제대로 성장을 하지 못합니다. 이는 농작물의 품질이 떨어지고 수확량이 감소하는 문제로도 이어집니다. 요즘 우리나라의 농촌에서도 이 문제로 골머리를 앓고 있습니다.

㉢동물들도 빛 공해로 심각한 피해를 입고 있습니다. 야행성 동물의 경우 지나친 빛 때문에 오히려 먹이를 사냥하는 데 어려움을 겪습니다. 계절에 따라 밤에도 서식지를 이동하는 철새는 인공 불빛 때문에 방향 감각을 잃기도 합니다. 바다거북의 경우도 마찬가지입니다. 알에서 부화한 바다거북은 바닷물로 들어가야 하는데, 해안가의 밝은 조명에 방향 감각을 잃게 됩니다. 그 결과 바다가 아닌 도로 쪽으로 가서 안타까운 죽음을 맞이합니다.

이제껏 사람들은 빛이 주는 이로움에 대해서만 생각했을 뿐, 인간을 비롯한 동식물에 미치는 악영향에 대해서는 미처 생각하지 못했습니다. 그래서 안전을 이유로 혹은 경관을 꾸민다는 이유로 밤에도 지나친 인공조명을 사용해 왔습니다. 그러나 밤을 환히 밝히는 인공 불빛은 공해가 될 수 있습니다. 이러한 사실을 깨닫고 빛 공해를 줄이도록 노력합시다.

1 이 글의 내용으로 알맞지 않은 것은 무엇입니까? (　　　)

이해

① 빛 공해는 과도한 인공 불빛으로 인해 생기는 공해이다.
② 인공조명 주변에 있는 농작물들은 제대로 성장하지 못한다.
③ 빛 공해로 인해 두통, 불면증, 우울증 같은 질환에 걸릴 수 있다.
④ 밤에 이동하는 철새는 인공 불빛 때문에 방향 감각을 잃기도 한다.
⑤ 빛 공해로 알에서 부화한 바다거북이 바닷물로 뛰어드는 일이 발생한다.

붙임 딱지 붙여요.

2 이 글의 주장으로 알맞은 것은 무엇입니까? (　　　)

이해

① 가능한 모든 인공 불빛을 없애자.
② 수면의 질이 떨어지지 않도록 주의하자.
③ 인공조명 대신 자연 조명으로 경관을 꾸미자.
④ 야행성 동물과 철새, 바다거북 등 모든 동물을 보호하자.
⑤ 빛도 공해가 될 수 있다는 사실을 알고, 빛 공해를 줄이도록 노력하자.

3 ㉠~㉢의 근거를 알맞게 판단한 친구를 모두 골라 ○표 하세요.

비판

4 다음 중 빛 공해를 줄일 수 있는 적절한 방법을 모두 고르세요. (　　　　)

문제해결

① 집에서 사용하지 않는 조명은 모두 꺼 놓는다.
② 도시의 주택가와 공원, 강변에 있는 가로등을 없앤다.
③ 지나치게 밝은 조명을 사용해 건물 외부를 꾸미지 않는다.
④ 가로등은 사람의 움직임을 감지해 밝기가 자동으로 조절되게 한다.
⑤ 사람이 사는 집 주변은 어둡게 하고, 가축을 키우는 축사 주변에 빛을 밝힌다.

10 일상생활의 경험이 드러난 글 읽기

2주

★ 다음 이야기에서 '나'가 경험한 일로 알맞은 것끼리 선으로 이으세요.

(1) 무대에 오른 나는 깜짝 놀랐다. 손바닥에 적어 놓은 대사가 땀에 지워져 하나도 안 보였다.
'어떡하지?'
이러지도 저러지도 못하고 있는데 아이들의 눈길이 내게 쏠렸다. 마침 내가 대사를 할 차례였기 때문이다.

(2) "준혁아! 빨리 일어나."
엄마의 목소리에 눈을 번쩍 떴다. 시계를 보니 일어나야 할 시각이 훨씬 지나 있었다.
"큰일 났다!"
나는 대충 옷을 주워 입은 다음 가방을 메고는 학교로 내달렸다.

(3) "다른 사람에게 꽃 이름을 물어보았어요. 꼭 물어볼 것 같아서."
아저씨는 주머니에 꽂은 들국화를 꺼내 내게 건네주며 말하였습니다.
"고향에 아들이 하나 있어요. 너와 똑같은……."

①

②

③

주제 탐구

이야기 가운데에는 생활 속에서 겪은 일을 글감으로 한 것이 있습니다. 이렇게 일상생활의 경험이 드러난 글은 일기나 생활문과 달리 '나'뿐 아니라, 다른 인물의 생각이나 마음도 알 수 있습니다. 또한 일기나 생활문에 비해 비교적 긴 시간 동안 벌어지는 다양한 일을 다룬다는 점에서 차이가 있습니다.

● (1~3) 다음을 읽고 물음에 답하세요.

처음 늦달이 아저씨가 음식 배달을 왔을 때입니다. 우리 식구들은 좀 놀랐습니다. 얼굴이 까무잡잡한, 분명 외국인 같은 사람이 철가방을 들고 문 앞에 서 있었으니까요. 게다가 그는 귀와 머리 사이에 철쭉 한 송이를 꽂고 있었습니다. 나는 그에게 말도 시켜 볼 겸 물었지요.

"이게 무슨 꽃이에요?"

아저씨의 대답이 걸작이었습니다.

"나도 몰라요."

곽재구, 「늦달이 아저씨」

1 이 이야기에 나오는 등장인물을 모두 고르세요. (　　　　　　　　)

① '나'　② '나'의 가족　③ 이웃집 사람
④ 음식점 사장　⑤ 늦달이 아저씨

2 이 이야기의 공간적 배경으로 알맞은 것은 무엇입니까? (　　　)

① 공원　② 학교 앞　③ 중국 식당
④ 우리 집 문 앞　⑤ 늦달이 아저씨의 집

3 이 이야기에 나타난 중심 사건을 골라 ○표 하세요.

(1) 늦달이 아저씨가 배달하는 집을 잘못 찾은 일 [　]

(2) 늦달이 아저씨가 '나'의 집에 처음 배달을 온 일 [　]

(3) '나'와 식구들이 함께 중국 식당에 가서 음식을 먹은 일 [　]

유형 1 이야기에서 인물의 경험 파악하기

이야기에서 '나'가 경험한 일을 파악하여 찾는 문제입니다.

1 다음 중 '나'가 경험한 일로 알맞은 것은 무엇입니까? (　　　)

국어

우리 가족은 마라톤 대회에 나가시는 할아버지를 응원하기 위해 총출동했다. 할아버지는 오른손 주먹을 불끈 쥐며 말씀하셨다.

"꼭 완주할 거야. 암, 그렇고말고."

"성공하실 거예요. 할아버지, 파이팅!"

내가 소리 높여 외치자 할아버지는 씩 웃어 보이셨다.

조금 뒤, 할아버지는 다른 참가자들과 함께 출발선 앞으로 가셨다. 입술을 굳게 다문 할아버지 모습에 나도 긴장이 되었다.

① 가족들과 마라톤 대회에 나간 일
② 마라톤 대회를 앞두고 연습에 나선 일
③ 마라톤 참가자들과 함께 출발선에 선 일
④ 마라톤을 완주하신 할아버지를 축하해 드린 일
⑤ 마라톤 대회에 참가하신 할아버지를 응원하러 간 일

유형 2 경험이 드러난 이야기와 일기, 생활문의 다른 점 비교하기

일기나 생활문과 비교해서 일상생활의 경험이 드러난 이야기가 갖는 특징을 파악하는 문제입니다.

여태 지금까지. 또는 아직까지.

2 이 글이 일기나 생활문과 다른 점에 <u>모두</u> ○표 하세요.

국어

"윤기수! 너, 돈은 잘 모으고 있어?" / "뭐?"

"곧 엄마 생신이라고 선물 살 돈 모아 둔다며."

내가 아무 말도 하지 않자 누나는 날카로운 말투로 쏘아붙였다.

"설마 작년처럼 오백 원 내놓으면서 선물 같이 하자고 하는 건 아니지? 이번엔 선물 따로 살 거니까 준비 잘해라!"

"잘하고 있으니까 걱정 마!"

나는 큰소리를 땅땅 쳤다. 하지만 속으로는 아차 싶었다. 돈을 모으기는커녕 여태 받은 용돈을 십 원 하나 안 남기고 다 써 버렸기 때문이다.

(1) 일기와 달리 다른 사람의 생각이나 마음도 알 수 있다. (　　　)
(2) 일기나 생활문과 비교했을 때 등장하는 인물의 수가 적다. (　　　)
(3) 일기나 생활문에 비해 좀 더 흥미진진하고 읽는 재미가 있다. (　　　)

3 이 글에 대한 설명으로 알맞지 않은 것을 모두 고르세요. (　　　　)

국어

며칠 뒤, 학교를 마치고 집에 오니 현관에 낯선 신발이 놓여 있었다.

"다녀왔습니다."

"한별이 왔구나. 인사해라. 새엄마이시다."

아빠와 할머니, 그리고 새엄마가 있었다. 새엄마는 쭈뼛거리며 일어서서 나에게 고개를 살짝 숙였다. 길고 까만 생머리가 어깨에서 가슴으로 흘러내렸다. 자그마한 키에 몸은 조금 말랐다. 커다란 눈이 예뻤다.

나는 인사도 하지 않고 방으로 들어가 문을 '쾅' 하고 닫아 버렸다.

한아, 「바다 건너 불어온 향기」

① 이 글에서 '나'의 이름은 '한별'이다.
② 이 글의 공간적 배경은 '나'의 집이다.
③ 글의 내용으로 보아 '나'는 밝고 상냥한 성격이다.
④ 이 글의 중심 사건은 '나'가 새엄마와 만난 것이다.
⑤ 글의 내용으로 보아 새엄마와 할머니는 갈등을 겪고 있다.

유형 3 경험이 드러난 이야기의 내용 파악하기

일상생활의 경험이 드러난 이야기의 내용을 파악하는 문제입니다. 글에 나타난 사건을 중심으로 내용을 파악합니다.

쭈뼛거리며 입술 끝을 자꾸 비죽 내밀며.

4 이와 같은 글에 대한 설명으로 알맞지 않은 것에 ○표 하세요.

국어

한 지붕 두 가족이 된 지 어느 새 두 주일이 지난 일요일이었어요.

"아빠, 저것 좀 봐요. 엄마도 나와 보세요."

영희의 목소리인지 명아의 목소리인지 알 수 없었어요. 온 가족이 우르르 거실로 나왔어요. 영희와 명아가 쪽마루에 서서 2층까지 올라와 있는 모과나무 가지를 가리켰어요. 쪽마루로 향한 나뭇가지에는 초록빛 나뭇잎이 돋아나 있었어요.

"으응, 모과나무로구나. 나뭇잎이 돋아난 걸 보니 봄이 왔구나!"

영수 아버지가 말하는 도중에 이내 말을 삼켰어요.

김진우 「한 지붕 두 가족」

(1) 인물, 사건, 배경으로 구성된다. (　　)
(2) 대부분 시간의 흐름에 따라 사건이 진행된다. (　　)
(3) '발단－전개－절정－결말'의 짜임으로 되어 있다. (　　)
(4) 등장인물의 성격은 처음부터 끝까지 변하지 않는다. (　　)

유형 4 이야기의 특성 알기

여러 종류의 글 중에서 이야기만이 가지는 특성을 파악하는 문제입니다.

쪽마루 밖으로 덧달아 낸 마루.
이내 그때에 곧. 또는 지체함이 없이 바로.

●**글의 종류** 이야기(동화)

●**글의 특징** 이 글은 「엄마는 파업 중」이라는 이야기의 일부입니다. 집안일을 스스로 하지 않는 가족들에게 파업을 벌인 '나'의 어머니와 가족을 둘러싼 이야기로, 일상생활의 경험이 잘 드러나 있습니다.

●**낱말 풀이**
파업 하던 일을 멈추는 것.
변명하였어요 어떤 잘못이나 실수에 대하여 구실을 대며 그 까닭을 말했어요.

지문 ★★☆

낱말 ★☆☆

(가) 예지가 손가락으로 나무 위를 가리켰어요. 얼른 버즘나무를 올려다보았어요. 엎드려서 나를 내려다보고 계시는 어머니가 보였지요. 한쪽에 있는 푯말도 눈에 들어왔어요.

"엄마 파업 중. 청소, 요리, 빨래 등 집안일은 모두 안 함."

(나) 사실 어머니께서 파업하실 만한 이유는 충분했어요.

우리 가족은 모두 다섯 명이지요. 어머니와 회사에서 늦게 돌아와 집안일은 거의 하지 못하시는 아버지, 나와 나보다 세 살 어린 예지, 유치원에 다니는 수지. 그런데 어머니를 도와주는 사람은 아무도 없어요. 물론 내가 제일 큰언니이니까 당연히 어머니를 도와 드려야 하죠. 하지만, 학교 갔다 오면 학원에 가랴, 텔레비전 보랴, 숙제하랴……. 이렇게 이 일 저 일 하다 보면 하루가 꼴딱 지나가 버려요.

(다) 그런데 오늘 어머니께서 파업을 하신 거예요. 나는 동생들에게 화를 내는 척하며 어머니께 내 목소리가 들리도록 큰 소리로 말하였어요.

"너희 둘이 무슨 일을 저질렀기에 엄마가 파업을 하셨니?"

"나는 안 그랬어. 수지가 울고불고 난리를 피웠지."

예지는 자기에게 불똥이 떨어질까 봐 손까지 흔들어 가며 변명하였어요. 나는 나도 모르게 어머니 말투를 흉내 내어 예지에게 큰 소리를 쳤어요.

"그럼 넌 잘못한 게 하나도 없단 말이야?"

"피! 언니는 안 그러나? 꼭 엄마처럼 그래."

나는 부드러운 목소리로 어머니를 불렀지요.

"엄마, 안 내려오실 거예요?"

"그래."

"갑자기 이러시면 어떡해요?"

"뭐가 갑자기니? 엄마가 날마다 얘기했잖아."

나는 드릴 말씀이 없었어요.

김희숙, 「엄마는 파업 중」

1 이 글에서 '나'가 경험한 일은 무엇입니까? (   )

이해

① 엎드려서 책을 본 일
② 어머니가 파업하신 일
③ 버즘나무에 퐂말을 붙인 일
④ 가족들과 함께 여행을 떠난 일
⑤ 동생들과 어머니를 대신해 집안일을 한 일

붙임 딱지 붙여요.

2 ㈎~㈐의 내용으로 알맞지 않은 것은 무엇입니까? (   )

이해

① '나'의 가족은 모두 다섯 명이다.
② '나'의 어머니는 버즘나무에 올라가 계신다.
③ '나'는 어머니가 파업하는 이유를 알고 있다.
④ 어머니는 '나'의 설득에 버즘나무에서 내려오셨다.
⑤ '나'의 가족은 어머니 외에 집안일을 거의 하지 않는다.

3 다음은 어머니가 파업하신 까닭을 짐작하여 정리한 거예요. 빈칸에 알맞은 낱말을 쓰세요.

추론

• 가족들이 아무도 [   ] 을/를 스스로 하지 않아 어머니 혼자 힘들고 지치셨기 때문이다.

4 이 글이 일기와 다른 점을 잘못 설명한 친구에 ○표 하세요.

추론

(1) 이 글은 읽는 사람을 생각하며 썼다는 점에서 일기와 달라.

(2) 이 글은 일상생활 속 경험이 드러나 있다는 점에서 일기와 달라.

(3) 이 글은 다른 사람의 생각도 알 수 있다는 점에서 일기와 달라.

노력의 중요성을 알려 주는 속담

'감나무 밑에 누워서 홍시 떨어지길 기다린다'는 속담은 아무 노력도 하지 않으면서 좋은 결과만 이루어지기를 바란다는 말이에요. '홍시'는 가을에 감이 무르게 익은 거예요. 잘 익은 홍시를 먹고 싶으면 직접 장대로 따야 해요. 감나무 밑에 누워서 기다린다고 홍시가 입 안으로 떨어지긴 어렵지요.

노력의 중요성을 알려 주는 속담

- **공든 탑이 무너지랴** 공들여 쌓은 탑이 무너질 리 없다는 뜻으로, 힘을 다하고 정성을 다한 일은 그 결과가 반드시 헛되지 않는다는 말이에요.
- **무쇠도 갈면 바늘이 된다** 단단한 무쇠도 꾸준히 갈아 바늘로 만들 수 있는 것처럼 꾸준히 노력하면 어떤 어려운 일이라도 이룰 수 있다는 말이에요.
- **구슬이 서 말이라도 꿰어야 보배** 아무리 훌륭하고 좋은 것이라도 다듬고 정리하여 쓸모 있게 만들어 놓아야 값어치가 있음을 비유적으로 이르는 말이에요.
- **우물을 파도 한 우물을 파라** 일을 너무 벌여 놓거나 자주 바꾸어 하면 성과가 없으니 어떤 일이든 한 가지 일을 끝까지 해야 성공할 수 있다는 말이에요.
- **티끌 모아 태산** 아무리 작은 것이라도 모으고 모으면 나중에 큰 덩어리가 된다는 것을 비유적으로 이르는 말이에요.

1 **다음 밑줄 친 부분과 같은 뜻의 속담을 보기 에서 찾아 쓰세요.**

"아! 떨려. 미술 대회 결과가 어떻게 나올지 걱정이야."
"걱정하지 마. 그동안 날마다 그림 그리는 연습을 하고, 대회에서도 최선을 다 했잖아."
"그래. 힘과 정성을 다해서 한 일은 그 결과가 헛되지 않은 법이거든."

보기

티끌 모아 태산 공든 탑이 무너지랴 우물을 파도 한 우물을 파라

( )

2 **'무쇠도 갈면 바늘이 된다'와 비슷한 뜻의 속담은 무엇입니까? ( )**

① 백지장도 맞들면 낫다
② 낙숫물이 댓돌을 뚫는다
③ 바늘 도둑이 소도둑 된다
④ 돌절구도 밑 빠질 날이 있다
⑤ 오르지 못할 나무는 쳐다보지도 마라

이번 주 나의 독해력은?	
	이번 주 학습을 모두 끝마쳤나요?
	글의 구조를 생각하며 요약할 수 있나요?
	글쓴이의 주장과 근거의 적절성을 파악할 수 있나요?

정답 1. 공든 탑이 무너지랴 2. ②

11 경험을 떠올리며 시 읽기

★ 경험을 떠올리며 시를 읽는 방법으로 알맞은 것을 따라가며 돌다리를 건너 보세요.

주제 탐구

말하는 이의 경험이 드러나 있는 시를 읽을 때에는 시 속의 장면을 떠올리면서 시와 관련 있는 자신의 경험을 떠올려 봅니다. 말하는 이의 마음이 느껴지는 표현을 찾고 시 속 인물이 겪은 일과 비슷한 경험을 떠올리면 말하는 이의 마음을 이해할 수 있어 좋습니다. 또한 시도 더욱 잘 이해할 수 있습니다.

● (1~3) 다음을 읽고 물음에 답하세요.

아빠와 나란히
이랑을 타고 감자를 캡니다.

호미를 당길 때마다
주먹만 한 감자가
쑥쑥 흙을 헤치고 나옵니다.

㉠와, 크다!
내가 기뻐 소리칩니다.
㉡정말 재미나구나!
아빠도 기쁨을 감추지 못하고
덩달아 소리칩니다.

㉢아, 기쁨이 땅속
어두운 데서 만들어져
우리들 손 안에 이렇게 덥석덥석
잡혀 나옵니다.

권영상, 「감자를 캐며」

1 이 시에서 시 속 인물이 겪은 일에 맞게 빈칸에 알맞은 낱말을 쓰세요.

• 시 속 인물은 아빠와 함께 (　　　　) 을/를 캐고 있다.

2 이 시를 읽고 떠오르는 경험을 알맞게 말한 친구에 ○표 하세요.

(1) 친구에게 물장난을 쳤던 경험이 떠올랐어.

(2) 찰흙으로 그릇을 만들었던 경험이 떠올랐어.

(3) 딸기를 수확하며 즐거웠던 경험이 떠올랐어.

3 ㉠~㉢을 읽는 방법으로 알맞은 것을 모두 고르세요. (　　　　　　)

① ㉠은 아이 목소리를 흉내 내어 읽는다.
② ㉡은 엄마 목소리를 흉내 내어 읽는다.
③ ㉠과 ㉡은 기뻐하는 목소리로 읽는다.
④ ㉢은 감격스러워하는 목소리로 읽는다.
⑤ ㉢은 놀라고 두려워하는 목소리로 읽는다.

유형 1 **말하는 이의 경험 파악하기**

시에 나타난 말하는 이의 경험을 찾는 문제입니다. 시 속에서 말하는 이가 겪은 일을 찾습니다.

귓밥 귓바퀴의 아래쪽에 붙어 있는 살.

1 이 시에서 말하는 이가 경험한 일은 무엇입니까? (　　　)

국어

그 애 앞에 설 때면

권영상

그 애 앞에 설 때면 배배 온몸이 비틀리지요.
만지작만지작 괜히 단추를 만지고,
만지작만지작 괜히 귓밥을 만지고,
꼬무락꼬무락 괜히 옷자락을 말아 올리고…….
개미라도 한 마리 다리 위를 기는지,
벌이라도 한 마리 귓불에 앉았는지,
등허리에 손을 넣고 갉작갉작,
주머니에 손을 넣고 꼼지락꼼지락.

① 벌이 귓불에 앉았다.
② 선생님께 야단을 맞았다.
③ 새 학교에서 친구를 사귀었다.
④ 좋아하는 친구 앞에서 수줍어했다.
⑤ 거짓말한 것을 들킬까 봐 가슴을 졸였다.

유형 2 **말하는 이의 마음 짐작하기**

평행봉을 하는 아저씨를 본 말하는 이의 경험을 떠올리면서 말하는 이의 마음을 떠올려 찾습니다.

묘기 교묘한 기술과 재주.

2 ㉠, ㉡에 나타난 말하는 이의 마음을 보기에서 골라 기호를 쓰세요.

국어

새처럼 날아가는 평행봉

이준섭

몸통 돌리기로 준비 운동한 아저씨
평행봉 오르자마자 배 차기로 올라 흔들다
양팔 꺾기 20번도 더 한다, 물총새 물고기 물고 오르듯
㉠야, 한순간에 평행봉을 잡고 물구나무를 섰구나!
땅에서 물구나무 서듯 서서 조금 가다가 내려온다
㉡평행봉에서 할 수 있는 묘기는 몇 가지나 될까
얼마나 연습해야 새처럼 평행봉을 날아다니게 될까

보기

㉮ 미안한 마음　　㉯ 궁금한 마음　　㉰ 놀라고 감탄하는 마음

(1) ㉠: (　　　　　　　　)　　(2) ㉡: (　　　　　　　　)

3 이 시의 말하는 이와 비슷한 경험을 떠올린 것은 무엇입니까? (　　　)

국어

꺼지지 않는 컴퓨터

이미옥

누가 내 머리에서
컴퓨터 좀 꺼 주세요.
눈 감아도
꿈속에서도
꺼지지 않는 컴퓨터 화면
컴퓨터 화면 속 전사들은
계속 싸우고 있어요.

이젠 눈 꼭꼭 감고
잠자고 싶은데
베개 속에도
천장 위에도
온통 컴퓨터 화면이 켜져 있어요.
누가 내 머리에서
컴퓨터 좀 꺼내 주세요.

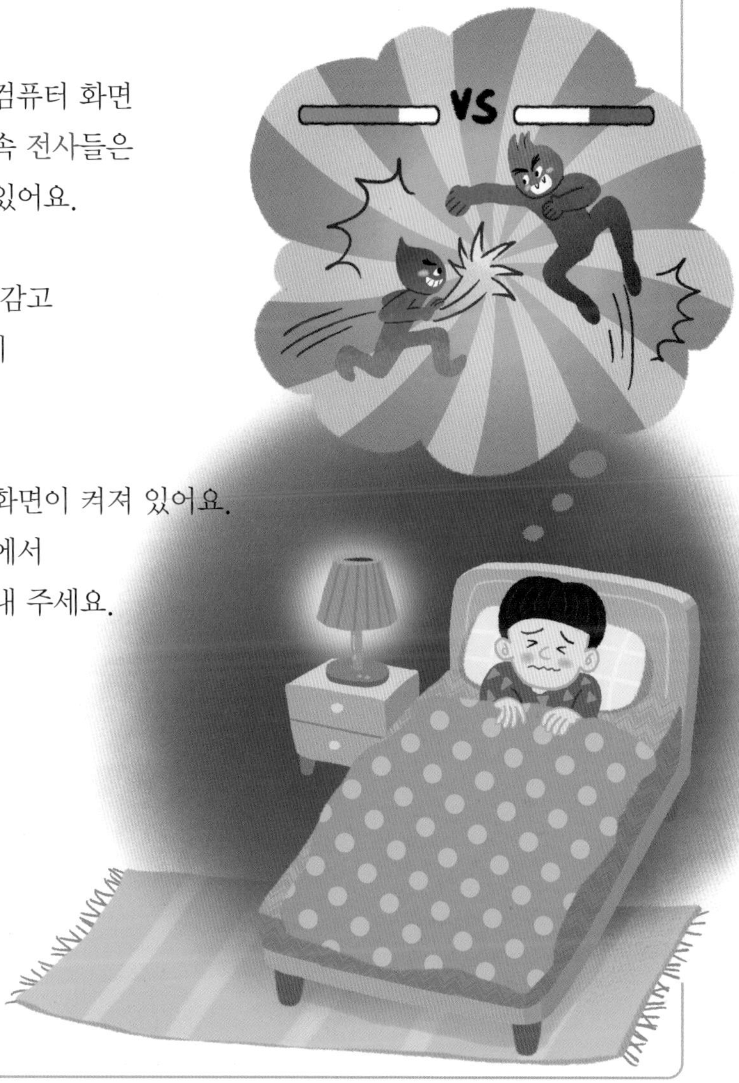

① 컴퓨터가 고장 났던 경험
② 자면서 신기한 꿈을 꿨던 경험
③ 학교에서 친한 친구와 싸웠던 경험
④ 계속 스마트폰을 하고 싶어 괴로웠던 경험
⑤ 낮잠을 잤더니 밤에 잠이 안 와서 힘들었던 경험

유형 3 시의 내용과 관련 있는 경험 떠올리기

컴퓨터 게임에 대한 생각이 머리에서 떠나지 않아 괴로워하는 말하는 이의 경험과 비슷한 경험을 찾습니다.

전사 전투하는 군사.

 ★ 말하는 이의 경험을 떠올리며 시를 읽어 보세요.

● 글의 종류 동시

● 글의 특징 '아버지의 안경'을 글감으로, 늙어 가는 아버지에 대한 안타깝고 애틋한 마음을 나타낸 시입니다.

● 중심 내용
1연 무심코 아버지의 돋보기를 쓴 말하는 이가 렌즈 속으로 아버지의 주름살을 봄.
2연 자식의 얼굴을 바라보는 눈에서 아버지의 사랑을 느낄 수 있음.
3연 돋보기 안경을 쓰시면서 가슴이 찡하셨을 아버지의 마음을 생각함.
4연 돋보기 안경을 들여다보니 아버지의 주름살이 안타깝게 느껴짐.

● 낱말 풀이
무심코 아무런 뜻이나 생각이 없이.

아버지의 안경

이탄

무심코 써 본 아버지의 돋보기,
그 좋으시던 눈이
점점 나빠지더니
안경을 쓰게 되신 아버지,
렌즈 속으로
아버지의 주름살이 보인다.

아버지는
넓고 잔잔한 바다 같은 눈으로
자식의 얼굴을 바라보신다.

그 좋으시던 눈이 희미해지고
돋보기 안경을 쓰시던 날,
얼마나 가슴 찡하셨을까.

㉠돋보기 안경을 들여다보고 있으려니,
아버지의 주름살이
자꾸만 자꾸만
파도가 되어 밀려온다.

지문 ★★☆

낱말 ★★☆

1 이해

이 시에서 말하는 이가 경험한 일은 무엇입니까? (   )

① 아버지와 안경을 사러 갔다.
② 아버지와 바닷가에 놀러 갔다.
③ 아버지의 돋보기 안경을 써 보았다.
④ 아버지가 읽으시던 책을 읽게 되었다.
⑤ 눈이 나빠져서 아버지와 함께 병원에 갔다.

붙임 딱지 붙여요.

2 이해

이 시에서 아버지의 눈을 빗대어 표현한 말을 찾아 쓰세요.

(   )

3 추론

㉠에 나타난 말하는 이의 마음으로 알맞은 것은 무엇입니까? (   )

① 즐겁고 신나는 마음
② 그립고 보고 싶은 마음
③ 안타깝고 뭉클한 마음
④ 화나고 짜증스러운 마음
⑤ 신기하고 놀라운 마음

4 문제해결

이 시를 읽고 말하는 이와 비슷한 경험을 떠올린 친구에 ○표 하세요.

(1) 가족들과 바닷가에 놀러 가서 파도가 밀려오는 모습을 보았어.

(2) 과학 시간에 돋보기로 화석을 관찰했던 적이 있어.

(3) 허리가 많이 굽으신 외할머니를 보고 속상했던 적이 있어.

12 경험을 떠올리며 이야기 읽기

3주

★ 이야기를 읽고 이와 비슷한 자신의 경험을 말한 친구에 ○표 하세요.

만일 가게 주인 할머니가 구해 주지 않았더라면, 구구는 지나가는 사람들의 발길에 채여 영영 날지 못하였을지도 모릅니다. 할머니 손에서 겨우 눈을 뜬 구구는 겁이 나서 자꾸만 푸드덕거렸습니다. 할머니는 구구의 발가락을 살펴보며 혀를 찼습니다.

"쯧쯧, 어쩌다 이런 일을……."

할머니는 구구의 발가락 사이에 엉킨 줄을 잘라 내고 마디마디에 약을 발라 주며 말하였습니다.

김향이, 「비둘기 구구」

주제 탐구

이야기에 등장하는 인물은 여러 가지 일을 겪습니다. 이야기를 읽을 때 인물과 비슷한 자신의 경험을 떠올려 보면 인물의 마음을 잘 이해할 수 있습니다. 또, 내용을 더 쉽게 이해할 수 있고 글을 더 재미있게 읽을 수 있습니다.

1 이 이야기에 나타난 할머니의 성격은 어떠합니까? ( )

① 용감하고 씩씩하다. ② 조용하고 소극적이다.
③ 인색하고 이기적이다. ④ 모험심이 많고 활발하다.
⑤ 인정이 많고 마음씨가 곱다.

2 이 이야기를 읽고 떠올릴 수 있는 장면으로 맞으면 ○표, 틀리면 X표 하세요.

(1) 할머니 손에서 구구가 눈을 뜬 장면 ( )
(2) 할머니가 구구의 날개를 살펴보는 장면 ( )
(3) 할머니가 구구에게 약을 발라 주는 장면 ( )
(4) 구구가 할머니에게 가려고 푸드덕거리는 장면 ( )
(5) 할머니가 구구의 발가락에 엉킨 줄을 잘라 내는 장면 ( )

3 이 글은 왼쪽 이야기의 다른 부분이에요. ㉠~㉣을 현실에서 일어날 수 있는 일과 없는 일로 구분하여 기호를 쓰세요.

㉠공부가 끝난 후 사육장 둘레에서 놀던 아이들이 다들 집으로 돌아간 뒤 사육장은 한가하고 조용하였습니다. 아이들의 성화에 못 이겨 아름다운 날개를 활짝 폈던 인도공작도 이제는 날개를 접었습니다.

구구도 깜빡 잠이 들었다가 바스락거리는 소리에 잠에서 깼습니다. ㉡참새가 어느새 되돌아와 과자 부스러기를 주워 먹고 있었습니다.

㉢“얘, 나 좀 봐. 이야기 좀 하자.”

㉣구구가 넌지시 불렀습니다.

김향이, 「비둘기 구구」

(1) 현실에서 일어날 수 있는 일: ( )
(2) 현실에서 일어날 수 없는 일: ( )

유형 1 이야기에 나타난 인물의 경험 찾기

이 글에서 주인공 '나'가 산중에서 겪은 일을 찾는 문제입니다.

양옥집 서양식으로 지은 집을 이름.

1 이 이야기에서 '나'가 겪은 일은 무엇입니까? (　　　)

국어

나는 조금 주저하였습니다. 그러나 나는 한번만 더 속아 보자 하고 또 서쪽을 향해 걸어갔습니다.

마침내 나는 꿈을 찍는 사진관을 찾은 것입니다.

이런 산중에 어울리지 않으리만큼 커다랗고 훌륭한 양옥집이었습니다. 벽과 창문만이 아니라 지붕까지 새하얀 집, 다만 정문에 커다랗게 써 붙인 '꿈을 찍는 사진관'이라는 일곱 글자만이 파아란 하늘빛이었습니다.

나는 문을 두드렸습니다.

"누구시오? 들어오시죠!"

강소천, 「꿈을 찍는 사진관」

① 사진관에서 사진을 찍은 일
② 산속에서 길을 잃고 헤맨 일
③ 꿈을 찍는 사진관을 찾은 일
④ 산중에 커다란 양옥집을 지은 일
⑤ 벽과 창문이 파란 집을 발견한 일

유형 2 이야기 속 인물과 비슷한 경험 찾기

이야기에서 다른 친구를 부러워하는 정호와 비슷한 경험을 말한 친구를 찾습니다.

2 이 글의 '정호'와 비슷한 경험을 말한 친구에 ○표 하세요.

국어

'승우는 못하는 게 뭘까? 공부도 잘하고 운동도 잘하고.'

정호는 앞에 있는 거울을 뚫어져라 쳐다봤어요. 그러다 괴로운 듯 탁자에 얼굴을 파묻으며 중얼거렸지요.

"승우 반만 따라갈 수 있었으면 좋겠다. 아니, 뭐 하나라도 잘하는 게 있었으면……."

한참을 엎드려 있던 정호는 다시 고개를 들었어요. 그러다 거울을 보고 비명을 질렀어요. 분명히 얼굴을 찡그리고 있는데, 거울 속의 자신은 씩 웃고 있었거든요.

'뭐, 뭐야. 이게 어떻게 된 일이지? 내가 지금 꿈을 꾸나?'

(1) 진영: 공부를 잘 한다고 칭찬을 들은 적이 있어. (　　　)
(2) 미나: 그림을 잘 그리는 아이를 부러워한 적이 있어. (　　　)
(3) 은서: 탁자에 엎드려 잠깐 잠을 자다가 꿈을 꾼 적이 있어. (　　　)

3 국어

이 글에서 떠올릴 수 있는 장면이 아닌 것은 무엇입니까? (　　　　)

> "눈사람도 찬호를 위하여 한 일인 줄 알면 오히려 기뻐할 거요."
> 찬호 아버지께서 나를 꺼내셨습니다. 그러고는 나를 깨끗한 수건에 싸서 찬호의 뜨거운 이마에 얹으셨습니다. 찬호가 갑자기 열이 나서 우선 열을 내릴 수 있는 얼음이 필요하였던 것입니다.
> 나는 찬호의 뜨거운 이마를 식히며 조금씩 녹아내렸습니다. 몸이 녹아내리면서 정신도 점점 가물가물해졌습니다. 그러나 금방이라도 하늘로 두둥실 떠올라 흰 구름이 될 것 같았습니다. 찬호가 병이 나아 하늘을 올려다본다면 두둥실 떠가는 나를 알아볼지도 모르겠습니다. 그렇게 우리는 다시 만나겠지요.
>
> 박성배, 「여름까지 산 꼬마 눈사람」

① 눈사람이 녹아내리며 정신이 가물가물해지는 장면
② 얼음 대신 눈사람을 사용해 찬호의 열을 내리는 장면
③ 눈사람이 찬호의 이마를 식히며 조금씩 녹아내리는 장면
④ 눈사람이 하늘로 떠올라 흰 구름이 될 것 같다고 말하는 장면
⑤ 병이 다 나은 찬호와 흰 구름이 된 눈사람이 다시 만나는 장면

유형 3 이야기 속 인상 깊은 장면 떠올리기

갑자기 열이 난 찬호와 눈사람 사이에 일어난 사건을 살펴보고 떠올릴 수 있는 장면을 찾아봅니다.

가물가물해졌습니다 의식이나 기억이 조금 희미해져서 정신이 있는 둥 없는 둥 흐릿해졌습니다.

4 국어

㉠~㉤ 중 이야기 속 세계에서만 일어날 수 있는 일을 모두 골라 기호를 쓰세요. (　　　　　　)

> 앨리스는 언덕에 앉아 있기가 지루해졌습니다. ㉠옆에 있는 언니가 읽는 책을 들여다보았지만 책에는 그림도 대화도 없었습니다.
> '저런 책을 무슨 재미로 읽는담?'
> ㉡앨리스는 데이지 꽃으로 목걸이나 만들까 생각하였습니다. ㉢그때, 하얀 토끼가 중얼거리며 앨리스 옆을 지나갔습니다.
> "이런! 너무 늦겠는데!"
> ㉣토끼는 조끼 주머니에서 시계를 꺼내 보더니 허둥지둥 달렸습니다. 호기심을 느낀 앨리스는 토끼를 쫓아갔습니다. ㉤들판을 가로질러 달리던 토끼는 토끼 굴속으로 들어갔습니다. 앨리스도 그 뒤를 따라 들어갔습니다.
>
> 루이스 캐럴, 『이상한 나라의 앨리스』

유형 4 이야기 속 세계와 현실 세계 비교하기

이야기에서 일어난 일을 살펴보고 이야기 속 세계에서만 일어날 수 있는 일을 찾습니다.

데이지 국화과의 여러해살이풀.

●글의 종류 이야기(소설)

●글의 특징 이 글은 명랑하고 엉뚱한 소녀 앤의 성장 과정을 그린 소설 『빨간 머리 앤』의 일부입니다. 주어진 글은 길버트가 앤을 놀리자 앤이 화가 나서 길버트를 석판으로 쳐서 벌을 받게 된 일이 나타난 장면입니다.

●낱말 풀이

고수머리 고불고불하게 말려 있는 머리털.

고정시켰습니다 한곳에 꼭 붙어 있거나 붙어 있게 했습니다.

석판 석필로 글씨를 쓰고 그림도 그릴 수 있도록 석판석을 얇게 깎아 만든 판.

단호히 결심이나 태도 따위가 과단성 있고 엄격하게.

지문 ★★☆

낱말 ★☆☆

"쟤가 길버트 블라이스야. 한번 봐 봐, 앤."

선생님이 다른 학생을 지도하고 있는 사이, 다이애나가 말했습니다. 앤은 고개를 돌려 길버트를 쳐다보았습니다. 고수머리에 갈색 눈을 가진 길버트는 짓궂은 장난을 치는 중이었습니다. 앞에 앉은 루비의 땋은 머리카락을 조심히 집더니 의자에 핀으로 고정시켰습니다.

"아얏!"

잠시 후 문제를 다 푼 루비는 선생님께 가려고 일어서다, 뒤로 넘어가듯 주저앉고 말았습니다. 아이들의 눈길이 루비에게 쏠리자 길버트는 핀을 숨기고는 아무것도 모르는 척했습니다. 그러더니 앤을 보며 윙크를 했습니다.

"세상에. 정말 무례한 아이야!"

앤은 다이애나에게 속삭였습니다.

그런데 오후가 되어 정말 큰 사건이 벌어졌습니다. 필립스 선생님이 프리시에게 문제를 가르치고 있을 때였습니다. 길버트는 앤이 자기를 보게 하려고 갖은 노력을 했습니다. 하지만 앤이 창밖의 풍경을 감상하느라 눈길을 주지 않자 머리카락을 당기며 말했습니다.

"이봐! 홍당무! 홍당무!"

㉠자신의 빨간 머리카락을 놀리는 것을 참을 수 없었던 앤은 석판으로 길버트의 머리를 내리쳤습니다.

"앤 셜리. 뭐 하는 거냐!"

필립스 선생님은 앤에게 달려와 야단을 쳤습니다. 길버트가 자신이 먼저 놀렸다고 얘기했지만 소용없었습니다. 앤은 수업 시간 내내 칠판 아래에 서 있는 벌을 받아야 했습니다.

학교가 끝나고 길버트는 사과를 건넸습니다. ㉡하지만 앤은 쌀쌀맞게 지나쳤습니다. 길버트를 절대 용서하지 않겠다며 다이애나에게 단호히 말했습니다.

루시 모드 몽고메리, 『빨간 머리 앤』

1 이 이야기에서 갈등을 겪고 있는 두 인물은 누구인지 찾아 쓰세요.

이해

• [   ] 와/과 [   ]

붙임 딱지 붙여요.

2 이 이야기의 내용으로 알맞지 <u>않은</u> 것은 무엇입니까? (   )

이해

① 길버트는 앤에게 윙크를 했다.
② 앤은 길버트가 무례하다고 생각했다.
③ 길버트는 수업 시간 내내 서 있는 벌을 받았다.
④ 길버트는 루비의 머리카락을 가지고 장난을 쳤다.
⑤ 학교가 끝나고 난 뒤 앤은 길버트를 쌀쌀맞게 지나쳤다.

3 ㉠, ㉡에서 알 수 있는 앤의 성격으로 알맞은 것은 무엇입니까? (   )

추론

① 친절하고 상냥한 성격이다.
② 소심하고 과묵한 성격이다.
③ 따뜻하고 인자한 성격이다.
④ 자존심이 강하고 단호한 성격이다.
⑤ 장난스럽지만 잘못을 인정할 줄 아는 성격이다.

4 이야기 속 '앤'과 비슷한 경험을 떠올린 친구에 ○표 하세요.

문제해결

(1) 형이 내 별명을 크게 불러서 화를 낸 적이 있어.

(2) 동생이 먼저 사과해서 용서해 준 적이 있어.

(3) 친구와 크게 다투고 먼저 미안하다고 사과한 적이 있어.

13 겪은 일을 떠올리며 글 읽기

3주

★ 다음 글을 읽을 때 떠올릴 만한 겪은 일을 골라 ○표 하세요.

무더운 여름날이나 운동을 하고 난 뒤 뻘뻘 땀을 흘린 적이 있을 거예요. 그렇다면 땀은 어디에서 만들어질까요? 우리가 흘리는 땀은 피부 속에 있는 땀샘에서 만들어져서 땀구멍을 통해 나와요. 땀샘은 온몸에 있는데, 겨드랑이와 손바닥, 발바닥에 특히 많지요. 땀의 성분을 살펴보면 99%가 물이고 나머지 1%는 소금과 노폐물로 되어 있어요. 땀은 우리 몸의 체온을 조절하고, 몸에 있는 노폐물을 밖으로 내보내는 중요한 역할을 해요.

(1) 밤에 잠을 이루지 못했던 일

(2) 물이 얼음이 되는 과정에 관한 이야기를 들었던 일

(3) 친구들과 놀이 기구를 탔던 일

(4) 땀을 흘리고 나서 목욕했던 일

(5) 갯벌에 사는 동물들에 관한 책을 본 일

주제 탐구

글을 읽는 방법 가운데에는 '겪은 일을 떠올리며 읽기'가 있습니다. 여기에서 겪은 일이란 한 일, 본 일, 들은 일을 뜻합니다. 이렇게 겪은 일을 떠올리며 글을 읽으면 글의 내용을 더욱 쉽게 이해할 수 있고 글 내용에 더 흥미를 가질 수 있습니다.

● (1~2) 다음을 읽고 물음에 답하세요.

앞으로의 날씨를 예측해 미리 알려 주는 것을 일기 예보라고 합니다. 우리는 생활하면서 일기 예보의 도움을 많이 받습니다. 여행 계획을 세울 때는 물론 농촌에서 농사를 짓거나 어촌에서 어업을 할 때에도 일기 예보를 참고합니다. 또한 비행기를 운항할 때에도 일기 예보를 활용합니다.

기상청은 이러한 일기 예보에 관한 일을 맡아보는 기관입니다. 기상청은 여러 장비를 통해 기상을 관측하고 자료를 수집해 일기 예보를 작성합니다. 오늘날에는 신문이나 라디오, 텔레비전 뉴스뿐 아니라 인터넷을 통해서도 손쉽게 일기 예보를 확인할 수 있습니다.

1 이 글에서 설명하지 않은 것은 무엇입니까? (   )

① 일기 예보의 뜻
② 기상청이 하는 일
③ 일기 예보의 종류
④ 일기 예보가 쓰이는 예
⑤ 일기 예보를 알 수 있는 매체

2 세 친구가 이 글을 읽은 방법으로 알맞은 것을 골라 ○표 하세요.

- 은지: 텔레비전으로 일기 예보를 봤던 일을 떠올리며 글을 읽었어!
- 세미: 부모님과 기상청에 체험 학습 갔던 일을 떠올리며 글을 읽었어!
- 민주: 어촌에서는 일기 예보가 무척 중요하다는 이야기를 들은 적이 있어. 그래서 그 일을 떠올리며 글을 읽었어!

(1) 은지는 (**한 일 / 본 일 / 들은 일**)을 떠올리며 글을 읽었다.
(2) 세미는 (**한 일 / 본 일 / 들은 일**)을 떠올리며 글을 읽었다.
(3) 민주는 (**한 일 / 본 일 / 들은 일**)을 떠올리며 글을 읽었다.

유형 1 글의 내용과 관련한 겪은 일 찾기

글의 내용과 관련이 있어 떠올릴 만한 겪은 일을 찾습니다.

고수 북이나 장구 따위를 치는 사람.

1 이 글을 읽을 때 떠올릴 만한 겪은 일에 ○표 하세요.

음악

판소리는 소리꾼이 북장단에 맞춰 소리로 긴 이야기를 엮어 나가는 것이다. 판소리 한 마당을 처음부터 끝까지 부르는 데에는 제법 긴 시간이 걸리지만, 무대를 이끌어 나가는 것은 소리꾼과 고수 두 사람뿐이다. 소리꾼은 다른 악기 없이 오로지 고수의 북장단에 맞춰 말과 노래, 몸짓으로 이야기를 표현한다.

판소리는 원래 열두 마당이 있었는데 지금은 안타깝게도 다섯 마당만이 전해지고 있다. 그 다섯 마당은 「수궁가」, 「심청가」, 「춘향가」, 「흥부가」, 「직벽가」이다.

(1) 서양의 북에 관한 책을 보았던 일 (　　)
(2) 야외 공연장에서 풍물놀이를 보았던 일 (　　)
(3) 텔레비전에서 판소리 공연을 보았던 일 (　　)
(4) 조선 시대의 그림에 관한 이야기를 들었던 일 (　　)

유형 2 세부 정보 확인하기

글에서 알려 주는 내용을 정확히 파악하고 있는지 확인하는 문제입니다.

인플루엔자 바이러스 유행 감기의 원인이 되는 바이러스. 코나 목으로 침입하여 호흡 질환을 일으킴.
예방 백신 일반 질병, 전염병을 예방하기 위해 사람이나 동물의 몸속에 인공적으로 면역을 주기 위해 투여하는 주사약.

2 이 글의 내용으로 알맞지 않은 것은 무엇입니까? (　　)

과학

심한 감기를 독감이라고 생각하는 경우가 많다. 그러나 감기와 독감은 다른 질병이다. 독감은 인플루엔자 바이러스 때문에 걸리지만 감기는 리노바이러스, 아데노바이러스, 코로나바이러스 등 원인이 되는 바이러스의 종류가 셀 수 없이 많다. 이처럼 감기는 원인이 되는 바이러스가 워낙 많기 때문에 예방 백신을 만들 수 없다. 그리고 우리가 먹는 감기약도 열과 기침, 콧물 같은 증상을 약하게 만들어 줄 뿐 감기 바이러스를 직접 없애는 것은 아니다. 하지만 독감은 예방 백신을 만들 수 있으며, 매년 예방 접종을 하면 독감에 걸리는 것을 어느 정도 막을 수 있다. 물론 감기와 독감은 다른 질병이므로 독감 예방 접종을 했다고 하여 감기를 예방할 수 있는 것은 아니다.

① 감기와 독감은 다른 질병이다.
② 독감은 인플루엔자 바이러스로 인해 걸린다.
③ 감기는 원인이 되는 바이러스의 종류가 많다.
④ 독감과 달리 감기는 예방 백신을 만들 수 없다.
⑤ 매년 독감 예방 접종을 하면 감기도 예방할 수 있다.

3 이 글의 내용과 관련한 겪은 일을 떠올린 것에 모두 ○표 하세요.

사회

직업이란 살아가는 데 필요한 돈을 벌기 위해 일정한 기간 동안 계속하는 일을 뜻한다. 그러나 직업이 꼭 돈을 벌기 위해 필요한 것만은 아니다. 사람은 직업을 통해 보람을 느끼고, 자아실현도 할 수 있다.

직업의 종류는 셀 수 없이 많은데 은행원, 부동산 중개업자처럼 경제와 관련된 직업도 있고 항공 우주 기술자, 로봇 연구원처럼 첨단 기술과 관련된 일을 하는 직업도 있다. 경찰관, 소방관처럼 공익을 위해 일하는 직업도 있다.

그런데 옛날에는 직업을 선택하는 것이 자유롭지 못했다. 하고 싶은 일이 있어도 신분에 따라 직업이 제한되었다. 하지만 오늘날에는 누구나 원하는 대로 직업을 자유롭게 고를 수 있으며 얼마든지 다른 직업으로 바꿀 수 있다.

한편 직업은 시간이 지나면서 사라지기도 하고 새로 생겨나기도 한다. 옛날에는 차비를 받고 손님이 오르내리는 것을 도와주는 '버스 안내원'이라는 직업이 있었다. 또 조선 시대에는 이야기책을 읽어 주는 '전기수'라는 직업이 있었다. 그러나 이러한 직업들은 시대가 바뀌면서 사라졌고 오늘날에는 찾아볼 수 없다. 그렇지만 기술이 발달하고 컴퓨터가 생겨나면서 '컴퓨터 프로그래머', '컴퓨터 그래픽 디자이너' 같은 직업이 새롭게 등장하였다.

(1) 직업 체험을 했던 일을 떠올리며 글을 읽었다. (　　)

(2) 나의 적성에 맞는 직업은 무엇인지 생각하며 글을 읽었다. (　　)

(3) 할머니께 옛날에는 버스 안내원이 있었다는 이야기를 들은 적이 있는데, 그 일을 떠올리며 글을 읽었다. (　　)

유형 3 글의 내용과 관련한 경험을 떠올린 예 찾기

글에서 설명하는 직업의 의미와 종류, 사라지고 새로 생겨나는 직업 등과 관련한 경험을 떠올린 예를 찾습니다.

공익 사회 전체의 이익.

●글의 종류 설명문

●글의 특징 이 글은 다양한 동지 풍습에 관해 설명하는 글입니다.

●중심 내용

1문단 우리 조상들은 동지에 나쁜 귀신을 쫓으려고 팥죽을 쑤어 먹었음.

2문단 『형초세시기』라는 중국 책에 동지에 팥죽을 먹게 된 유래가 나와 있음.

3문단 동지에는 며느리가 시집 어른들께 버선을 지어 드리는 '동지헌말'의 풍습도 있었음.

4문단 조선 시대에는 동짓날 관상감에서 새해 달력을 만들어 궁에 바치고 나라에서는 관리들에게 달력을 나누어 주었음.

●낱말 풀이

새알심 팥죽 따위에 넣어 먹는 새알만 한 덩이. 보통 찹쌀가루나 수수 가루로 만듦.

사당 조상의 위패를 모셔 놓은 집.

해그림자 어떤 물체가 햇빛을 가려서 생기는 그림자.

수명 생물이 사는 햇수.

지문 ★★☆

낱말 ★★☆

동지는 일 년 중 낮이 가장 짧고, 밤의 길이가 가장 긴 날입니다. 우리 조상들은 동지를 가리켜 '작은 설'이라고 부르며 팥죽을 쑤어 먹었습니다. 팥죽은 팥을 끓여 거른 다음, 걸러 둔 팥물에 쌀과 찹쌀로 둥글게 빚은 새알심을 넣고 끓인 음식입니다. 이렇게 팥죽을 먹은 까닭은 팥의 붉은색이 나쁜 귀신을 쫓아 준다고 여겼기 때문입니다. 그래서 우리 조상들은 팥죽을 쑤어 사당에 올리고, 부엌과 대문에 뿌리기도 하였습니다.

동지에 팥죽을 먹게 된 유래는『형초세시기』라는 중국 책에 기록되어 있습니다. 옛날 중국 공공씨라는 사람에게 아들이 있었습니다. 이 아들은 동짓날에 죽어 역귀가 되었습니다. 역귀는 전염병을 퍼뜨리는 나쁜 귀신입니다. 그런데 공공씨의 아들은 평소 팥을 무서워했으므로, 사람들은 역귀를 쫓기 위해 동짓날에 팥죽을 쑤었다고 합니다.

동지에는 팥죽을 먹는 것 외에도 며느리가 시집 어른들께 버선을 지어 드리는 풍습이 있었습니다. 이를 가리켜 '동지헌말'이라고 합니다. 동지가 지나면 해가 점점 길어지는데, 우리 조상들은 새로운 (㉠)을 신고 길어지는 해그림자를 밟으면 수명이 길어진다고 여겼습니다. 그래서 어른들이 오래 살기를 바라는 소망을 담아 버선을 지어 드린 것입니다.

조선 시대에는 동짓날이 되면 관상감에서 새해 달력을 만들어 궁에 바쳤습니다. 관상감은 천문이나 지리 등에 관한 사무를 맡아 보던 관청입니다. 이렇게 관상감에서 만든 달력을 바치면 나라에서는 그 달력을 관리들에게 나누어 주었습니다.

1 이 글의 제목으로 알맞은 것의 기호를 쓰세요. (　　　　　　)

이해

㉮ 동지의 뜻	㉯ 다양한 동지 풍습
㉰ 팥죽을 먹게 된 유래	㉱ 우리 조상의 세시 풍속

붙임 딱지 붙여요.

2 이 글의 내용으로 알맞지 <u>않은</u> 것은 무엇입니까? (　　　)

이해

① 동지는 일 년 중 밤의 길이가 가장 긴 날이다.
② 우리 조상들은 동지를 가리켜 '큰 설'이라고 불렀다.
③ 동지에 팥죽을 먹게 된 유래는『형초세시기』라는 책에 기록되어 있다.
④ 조선 시대에는 동짓날이 되면 관상감에서 새해 달력을 만들어 궁에 주었다.
⑤ 우리 조상들은 팥죽을 쑤어 사당에 올리고 부엌과 대문에 뿌리기도 하였다.

3 글의 내용으로 보아 ㉠에 들어갈 알맞은 말은 무엇인지 쓰세요.

추론

(　　　　　　　　　　　　)

4 이 글을 읽을 때 떠올릴 만한 겪은 일은 무엇입니까? (　　　)

비판

① 콩의 효능에 관한 기사를 본 일
② 서양의 여러 궁궐에 관한 책을 보았던 일
③ 할머니와 팥죽에 넣을 새알심을 만들었던 일
④ 조선 시대 공예품에 관한 이야기를 들었던 일
⑤ 박물관에서 옛사람들이 신던 신발을 보았던 일

14 낱말의 뜻을 짐작하며 읽기

★ 사다리를 타고 내려가 밑줄 친 '나누다'의 뜻으로 알맞은 것에 ○표 하세요.

(1) 사과를 두 조각으로 나누었다.

(2) 바구니에 담겨 있는 공들을 색깔별로 나누었다.

(3) 길을 가다가 같은 반 친구를 만나 인사를 나누었다.

① 하나를 둘 이상으로 가르다.
② 말이나 이야기, 인사 따위를 주고받다.

① 하나를 둘 이상으로 가르다.
② 여러 가지가 섞인 것을 구분하여 분류하다.

① 말이나 이야기, 인사 따위를 주고받다.
② 여러 가지가 섞인 것을 구분하여 분류하다.

주제 탐구

낱말의 뜻을 짐작하며 글을 읽으면 글의 내용을 정확하게 이해할 수 있습니다. 낱말의 뜻을 짐작하려면 낱말이 문장에서 어떤 의미로 사용되었는지를 잘 살펴봅니다. 그리고 앞뒤 내용이나 비슷한 낱말과 반대되는 낱말과의 관계를 통해 낱말의 뜻을 짐작해 봅니다.

1 사다리 타기에서 찾은 '나누다'의 여러 가지 뜻을 낱말 그물에 정리해서 쓰세요.

나누다

2 다음 밑줄 친 낱말과 바꾸어 쓸 수 있는 낱말을 보기에서 찾아 쓰세요.

보기

팔았다	숨겼다	부르는	없애는
말랐다	통통해졌다	흘러넘쳤다	사라졌다

(1) 홍수가 나서 강물이 범람하였다. ➡ (   )

(2) 요즘에는 모기를 퇴치하는 다양한 제품이 나와 있다. ➡ (   )

(3) 도둑은 훔친 물건을 자신만이 아는 비밀 장소에 은닉하였다. ➡ (   )

(4) 수정이는 감기 몸살 때문에 밥을 제대로 먹지 못해 몸이 많이 여위었다. ➡ (   )

3 글에서 낱말의 뜻을 짐작하는 방법으로 맞으면 ○표, 틀리면 X표 하세요.

(1) 앞뒤 문맥을 살펴 낱말이 어떤 뜻으로 쓰였는지 생각해 보면 낱말의 뜻을 짐작할 수 있다. (   )

(2) 비슷한 뜻을 가진 말로 바꾸어 문장에 잘 어울리는지 확인해 보면 낱말의 뜻을 짐작할 수 있다. (   )

(3) 앞이나 뒤에 나오는 비슷한말이나 반대되는 낱말과의 관계를 통해서는 낱말의 뜻을 짐작하기 어렵다. (   )

유형 1 낱말의 뜻 파악하기

'고치다'의 여러 가지 뜻 중에서 글에서 쓰인 뜻을 찾습니다.

1 **㉠의 뜻으로 알맞은 것은 무엇입니까? (　　　)**

도덕

주위를 보면 욕설을 하는 친구들이 많다. 재미 삼아, 친근감의 표시로, 혹은 멋져 보이기 위해서 등등 욕을 하는 이유도 다양하다. 그러나 욕설을 해서는 안 된다고 생각한다. 아무리 재미 삼아 한다고 해도 욕을 듣는 사람이 불쾌감을 느끼고 마음의 상처를 받을 수 있다.

또한 욕설은 일종의 습관이다. 계속 욕설을 하다 보면 버릇처럼 욕을 하게 되고, 나중에는 바로잡으려고 해도 ㉠고치기가 어렵다. 무엇보다 말은 곧 그 사람의 얼굴이다. 때문에 욕설을 하면 다른 사람에게 좋은 인상을 줄 수가 없다. 우리 모두 욕설을 하지 말자.

① 처지를 바꾸기가.
② 병 따위를 낫게 하기가.
③ 이름, 제도 따위를 바꾸기가.
④ 잘못되거나 틀린 것을 바로잡기가.
⑤ 고장이 나거나 못 쓰게 된 물건을 손질하여 제대로 되게 하기가.

유형 2 다른 낱말과의 관계를 통해 낱말의 뜻 짐작하기

앞뒤에 나오는 비슷한 낱말이나 반대되는 낱말을 살펴 낱말의 뜻을 짐작해 보는 문제입니다.

마그마 암석이 깊은 땅속에서 녹아 액체가 된 것.
지각 지구의 바깥쪽을 차지하는 부분.

2 **㉡을 통해 짐작할 수 있는 ㉠의 뜻에 ○표 하세요.**

과학

화산이 폭발하면 화산 가스와 용암, 화산재 등이 쏟아져 나온다. 또한 산불과 산사태, 해일 등이 일어나기도 한다. 때문에 화산은 예로부터 사람들에게 두려운 존재였다. 그렇다면 화산이란 무엇일까?

화산은 마그마가 지각에 있는 틈을 통해 땅 위로 뿜어져 나오면서 만들어진 산이다. 흔히 육지에만 있을 것이라고 생각하지만, 바닷속에도 있다. 이러한 화산을 가리켜 '해저 화산'이라고 한다. 화산은 모양이 다양한데 ㉠완만한 화산이 있는가 하면, ㉡반대로 경사가 급한 화산도 있다. 또한 꼭대기에 호수가 있는 화산도 있다.

(1) 엄청나게 크고 넓은 (　　　)
(2) 경사가 급하지 않은 (　　　)
(3) 물기가 없고 기름지지 않은 (　　　)
(4) 경사가 급하게 기울어져 있는 (　　　)

3 ㉠~㉤과 바꾸어 쓸 낱말로 알맞지 않은 것은 무엇입니까? (   )

사회

장애인 시설, 노인 요양원, 쓰레기 소각장, 하수 처리장 같은 시설은 반드시 필요합니다. 그런데 이런 시설을 어떤 지역에 지으려고 하면 그곳에 ㉠거주하는 주민들은 거세게 반발합니다. 환경이 오염되거나 집값이 ㉡하락할까 봐 염려하기 때문입니다. 이처럼 자신이 거주하는 곳에 사람들이 ㉢기피하는 시설이 들어서는 것을 반대하는 현상을 님비 현상이라고 합니다. '님비(NIMBY)'는 'Not In My Backyard.'를 줄인 말로, '내 뒷마당에서는 안 된다.'라는 뜻입니다.

한편 이와는 반대의 뜻을 지닌 말이 있습니다. 바로 핌피 현상입니다. '핌피(PIMFY)'는 'Please In My Front Yard.'를 줄인 말로, '내 집 앞마당에 와 달라.'는 뜻입니다. 핌피 현상은 대형 마트나 지하철, 공원, 도서관 같은 시설을 자기 지역에 ㉣유치하려는 현상입니다. 이런 시설은 지역 경제에 도움이 되므로 주민들이 적극적으로 설치를 반기는 것입니다.

님비 현상과 핌피 현상은 반대의 뜻을 지니고 있지만 자기 지역에 이익이 되는 시설은 환영하고, 손해를 끼치는 시설은 무조건 ㉤거부한다는 점에서 지역 이기주의의 대표적인 현상이라고 할 수 있습니다.

① ㉠ 거주하는 → 사는
② ㉡ 하락할까 봐 → 떨어질까 봐
③ ㉢ 기피하는 → 좋아하는
④ ㉣ 유치하려는 → 이끌어 들이려는
⑤ ㉤ 거부한다는 → 거절한다는

유형 3 낱말의 뜻을 짐작해 바꾸어 쓸 낱말 찾기

낱말의 뜻으로 보아, 바꾸어 쓸 수 있는 낱말을 고르는 문제입니다.

반발합니다 어떤 상태나 행동 따위에 대하여 거스르고 반항합니다.

●글의 종류 논설문

●글의 특징 이 글은 「왼손잡이를 바르게 이해합시다」라는 글의 일부로, 글쓴이는 다양한 근거를 들어 왼손잡이와 오른손잡이가 어우러져 사는 열린 사회를 만들자고 주장하고 있습니다.

●중심 내용
1문단 인류의 역사에는 위대한 업적을 남긴 왼손잡이들이 많음.
2문단 21세기에는 창의력과 독창성이 필요한데, 왼손잡이는 창의적인 면에서 큰 잠재력을 가지고 있음.
3문단 학자들은 왼손잡이 어린이에게 자부심을 느끼게 하여 가능성을 최대한 이끌어 주어야 한다고 말함.
4문단 왼손잡이를 오른손잡이로 바꾸는 것은 뇌의 구조나 발달을 무시하는 무모한 일임.
5문단 왼손잡이와 오른손잡이가 어우러져 사는 열린 사회를 만들어 나가야 함.

●낱말 풀이
계발하다면 슬기나 재능, 사상 따위를 일깨워 준다면.
역설합니다 자기의 뜻을 힘주어 말합니다.
산만해지거나 어수선하여 질서나 통일성이 없거나.

지문 ★★☆
낱말 ★★★

왼손잡이에 대한 편견과는 달리, 인류의 역사에는 위대한 업적을 남긴 왼손잡이들이 아주 많습니다. 피카소, 다빈치, 미켈란젤로, 라파엘로는 모두 왼손잡이였습니다. 처칠, 간디, 슈바이처 등도 왼손잡이였고, 뉴턴, 아인슈타인, 니체, 괴테, 베토벤 등도 왼손잡이였습니다. 고대로 거슬러 올라가면 람세스 이세, 알렉산더 대왕 등도 역시 왼손잡이였습니다. 마이크로소프트사를 ㉠창립한 빌 게이츠 역시 왼손잡이입니다.

21세기에는 창의력과 다양성, 독창성이 있어야 경쟁력이 있는 국가를 ㉡건설할 수 있습니다. 왼손잡이는 우뇌가 발달하여 창의적인 면에서 큰 잠재력을 가지고 있습니다. 그러므로 왼손잡이의 타고난 능력을 최대한 살려 주고 그 잠재력을 계발한다면, 개인의 삶의 질이 ㉢향상되고 국가도 발전할 수 있습니다.

많은 학자들은 왼손잡이를 오른손잡이로 쉽게 바꿀 수 없다고 말합니다. 그리고 왼손잡이를 오른손잡이로 바꾸려는 잘못을 더 이상 저지르지 말라고 ㉣권고하고 있습니다. 오히려 왼손잡이 어린이에게 왼손잡이인 것에 자부심을 느끼도록 하여 그 가능성을 최대한 이끌어 주는 것이 바람직하다고 역설합니다.

이제까지의 연구 결과를 살펴보면, 왼손잡이를 오른손잡이로 바꾼 결과가 성공적이었다는 보고는 거의 없습니다. 반면에, 오른손잡이로 살도록 강요받은 어린이는 주의가 산만해지거나 말을 더듬는다는 보고가 있습니다. 또, 어휘력이나 독해력 점수가 낮게 나왔다는 보고도 있습니다. ㉮따라서 왼손잡이를 오른손잡이로 바꾸는 것은 뇌의 구조나 발달을 무시하는 ㉯무모한 일임을 깨달아야 할 것입니다.

이제는 왼손잡이가 왼손을 거리낌 없이 당당하게 사용할 수 있도록 교육적인 환경과 사회적인 분위기를 ㉤조성해야 할 것입니다. 그리하여 왼손잡이와 오른손잡이가 어우러져 사는, 아름답고 명랑한 열린 사회를 만들어 나가야 할 것입니다.

강미희, 「왼손잡이를 바르게 이해합시다」

1 다음은 글쓴이의 주장을 정리한 거예요. 빈칸에 알맞은 낱말을 차례대로 쓰세요.

이해

• (1) [ ] 와/과 오른손잡이가 어우러져 사는 아름답고 명랑한 (2) [ ] 을/를 만들자.

3주 4일 학습 끝!

붙임 딱지 붙여요.

2 이 글의 내용으로 알맞지 <u>않은</u> 것은 무엇입니까? ( )

이해

① 피카소, 처칠, 뉴턴, 베토벤 등은 모두 왼손잡이였다.
② 학자들은 왼손잡이를 오른손잡이로 바꾸라고 권고하고 있다.
③ 왼손잡이는 우뇌가 발달하여 창의적인 면에서 큰 잠재력을 가지고 있다.
④ 오른손잡이로 살도록 강요받은 왼손잡이 어린이는 주의가 산만하다는 보고가 있다.
⑤ 오른손잡이로 살도록 강요받은 왼손잡이 어린이는 어휘력 점수가 낮게 나왔다는 보고가 있다.

3 ㉠~㉤을 바꾸어 쓸 말로 알맞지 <u>않은</u> 것은 무엇입니까? ( )

어휘

① ㉠ 창립한 → 세운
② ㉡ 건설할 → 만들
③ ㉢ 향상되고 → 낮아지고
④ ㉣ 권고하고 → 권하고
⑤ ㉤ 조성해야 → 만들어야

4 이 글에서 ㉮를 통해 ㉯의 뜻을 알맞게 짐작한 것에 ○표 하세요.

어휘

(1) 왼손잡이를 오른손잡이로 바꾸는 것은 뇌의 구조나 발달을 무시하는 것이라고 했으므로 '무모한'은 '특별한'이라는 뜻일 거야. ( )
(2) 왼손잡이를 오른손잡이로 바꾸는 것은 뇌의 구조나 발달을 무시하는 것이라고 했으므로 '무모한'은 '현명한'이라는 뜻일 거야. ( )
(3) 왼손잡이를 오른손잡이로 바꾸는 것은 뇌의 구조나 발달을 무시하는 것이라고 했으므로 '무모한'은 '어리석은'이라는 뜻일 거야. ( )

15 아는 지식을 활용해 글 읽기

3주

★ 이 글을 읽을 때 활용할 만한 아는 지식에 모두 ○표 하세요.

하늘에서 내려다보아야만 그 모습을 정확히 알 수 있는 그림이 있다. 페루의 나스카 평원에 있는 지상화이다. 지상화는 땅 위에 그려져 있는 그림을 뜻하는데, 나스카는 기후가 건조하기 때문에 땅에 그린 그림이 훼손되지 않고 오랜 세월 동안 보존될 수 있었다. 이곳에 그려진 그림의 종류는 다양한데 원숭이와 거미, 벌새, 고래 같은 동물은 물론 기하학적인 무늬들도 있다. 또한 이 그림의 크기는 거대해서 땅에서는 정확히 볼 수 없

나스카 지상화

으며, 비행기를 타고 하늘로 올라가야만 모양을 잘 확인할 수 있다. 나스카 지상화는 1994년 유네스코 세계 문화유산에 지정되었는데, 이 그림을 어떤 목적으로 그렸는지는 아직까지 수수께끼로 남아 있다.

(1) 평원의 뜻

(2) 유네스코 설립일

(3) 우리나라 기후의 특징

(4) 수채화의 종류

(5) 최초의 비행기

(6) 기하학적인 무늬의 뜻

주제탐구

글을 읽을 때에는 자신이 알고 있는 지식을 활용할 수도 있습니다. 이렇게 아는 지식을 떠올리며 글을 읽으면 글의 내용을 더 잘 이해할 수 있고 깊이 있게 이해할 수 있습니다. 또한 자신이 알고 있던 내용과 비교해 가며 글을 읽을 수 있어 좋습니다.

1 이 글을 읽고 새롭게 안 점으로 알맞지 않은 것은 무엇입니까? ( )

조르주 쇠라는 프랑스의 화가입니다. 쇠라의 대표적인 작품으로는 「그랑드자트섬의 일요일 오후」가 있습니다. 이 작품에는 강에서 뱃놀이를 즐기는 사람, 풀밭에 앉아 휴식을 취하고 있는 사람, 아이와 걷고 있는 사람 등 다양한 모습의 사람들이 그려져 있습니다. 또 강아지와 원숭이 같은 동물도 찾아볼 수 있습니다. 그런데 쇠라는 이 그림을 그릴 때 특이한 기법을 사용했습니다. 물감으로 무수히 많은 작은 색점을 찍는 방식으로 그림을 그려 완성했습니다.

① 조르주 쇠라는 프랑스의 화가이다.
② 「그랑드자트섬의 일요일 오후」는 쇠라의 대표적인 작품이다.
③ 쇠라는 작은 색점을 찍어 「그랑드자트섬의 일요일 오후」를 그렸다.
④ 「그랑드자트섬의 일요일 오후」에는 다양한 모습의 사람이 그려져 있다.
⑤ 「그랑드자트섬의 일요일 오후」에는 사람만 나올 뿐, 동물은 그려져 있지 않다.

2 다음 빈칸에 들어갈 알맞은 말을 글자판에서 골라 쓰세요.

아	는	지	깊	비	이	교	식

(1) 아는 ☐☐ 을/를 활용해 글을 읽으면 글의 내용을 쉽게 이해할 수 있다.

(2) 아는 지식을 활용하여 글을 읽으면 글의 내용을 보다 ☐☐ 이해할 수 있다.

(3) 아는 지식을 활용하며 글을 읽으면 자신이 알고 있던 내용과 ☐☐ 하면서 글을 읽을 수 있다.

유형 1 글을 읽을 때 활용할 배경지식 찾기

'화폐의 시작과 발달'에 대해 설명하는 글을 읽을 때 활용할 만한 배경지식을 찾는 문제입니다.

1 사회

이 글을 읽을 때 활용할 지식으로 알맞은 것은 무엇입니까? (　　　)

먼 옛날 화폐가 없던 시절 사람들은 '물물 교환'이라고 하여 필요한 물건을 서로서로 맞바꾸었다. 하지만 물물 교환은 여러 가지로 불편한 점이 많았다. 그래서 사람들은 쌀이나 소금, 조개껍데기 같은 물건을 화폐로 사용하기 시작하였다. 이를 가리켜 '물품 화폐'라고 한다. 그러나 물품 화폐 역시 단점이 있었다. 화폐로 쓰는 물품이 상할 수 있고, 가지고 다니기가 불편하였기 때문이다. 그래서 사람들은 금이나 은으로 만든 금속 화폐를 사용하기 시작하였다. 이후 종이로 만들어 가볍고 비교적 보관도 편리한 지폐가 등장하였다. 이처럼 화폐는 먼 옛날부터 지금까지 여러 단계를 거쳐 발달해 왔다.

① 은행의 종류
② 가상 화폐의 쓰임새
③ 물물 교환의 단점
④ 시장이 생겨난 까닭
⑤ 가격이 결정되는 원리

유형 2 세부 정보 확인하기

글을 읽고 글쓴이가 설명한 내용과 관련 있는 정보를 찾습니다.

민물 강이나 호수 따위와 같이 염분이 없는 물.

2 과학

이 글에서 설명한 내용에 <u>모두</u> ○표 하세요.

장어는 몸이 뱀처럼 긴 물고기를 뜻하며, 우리가 흔히 볼 수 있는 장어에는 뱀장어뿐만 아니라 먹장어, 붕장어, 갯장어 등이 있다. 먹장어는 바다의 개펄 속에 주로 살며, 붕장어는 바다에서만 사는 물고기로, 뱀장어와는 다른 종류이다.

뱀장어는 민물에서 5~10년 정도 자란 뒤, 늦가을에 알을 낳으러 먼 바다로 여행을 간다. 뱀장어가 바다로 갈 때가 되면 민물에서와 달리 바다에서 살 수 있도록 몸이 바뀐다. 바다로 들어간 어미 뱀장어가 먹이도 먹지 않고 어떻게 수천 킬로미터 떨어진 열대 태평양의 알 낳는 곳까지 6개월 이상을 여행하는지는 아직 신비에 싸여 있다.

이태원, 「뱀장어의 수수께끼」

(1) 먹장어와 붕장어의 먹이 (　　　)
(2) 뱀장어가 낳는 알의 개수 (　　　)
(3) 먹장어와 붕장어가 사는 곳 (　　　)
(4) 우리가 흔히 볼 수 있는 장어의 종류 (　　　)

3 이 글에서 자세히 안 점을 정리할 때 빈칸에 들어갈 알맞은 말을 쓰세요.

사회

씨름은 농사를 짓고 우리 민족이 오래전부터 제례 행사의 여흥으로 즐겼던 놀이입니다. 특히 음력 5월 5일 단오가 되면 마을마다 모래사장이나 잔디밭에 수많은 사람들이 모여 힘겨루기 놀이를 보며 즐거워했습니다. 씨름은 이처럼 민중 오락으로서 서민들의 각별한 사랑을 받았기 때문에 지금까지도 그 생명을 끈질기게 유지하고 있습니다.

우리나라 씨름에 대한 가장 오래된 역사적 자료는 고구려 때의 무덤인 각저총의 벽화 「씨름도」입니다. 이 벽화에는 두 사람이 오늘날의 씨름과 비슷한 방법으로 서로의 허리춤을 잡고 힘겨루기를 하는 장면이 그려져 있습니다. 이 벽화를 보면 최소한 고구려 초기에는 씨름이라는 놀이가 성행하고 있었음을 알 수 있습니다.

씨름에 대한 가장 오래된 기록은 『고려사』에 있습니다. 이 책에는 고려의 제27대 왕인 충숙왕이 나라의 중요한 일을 신하에게 맡기고 궁중에 있는 어린아이들과 씨름하기를 좋아하였다는 이야기가 기록되어 있습니다.

서찬석, 「씨름」

⬇

- 씨름은 우리 민족이 오래전부터 (1) [　　　　] (으)로 즐겼던 놀이로, 지금까지도 그 생명을 유지하고 있다.
- 우리나라 씨름에 대한 가장 오래된 역사적 자료는 고구려 때의 무덤인 각저총의 벽화 (2) 「[　　　　]」이며, 씨름에 대한 가장 오래된 기록은 책 (3) 『[　　　　]』에 있다.

유형 3 글에서 새롭게 알거나 자세히 안 점 정리하기

설명하는 글을 읽고 새롭게 알거나 자세히 알게 된 정보를 정리합니다.

제례 제사를 지내는 의례.
여흥 어떤 모임이 끝난 뒤에 흥을 돋우려고 연예나 오락을 함. 또는 그 연예나 오락.
각별한 어떤 일에 대한 마음가짐이나 자세 따위가 유달리 특별한.
성행하고 매우 성하게 유행하고.

●**글의 종류** 설명문

●**글의 특징** 이 글은 미국 항공 우주국에서 발사한 무인 우주 탐사선인 보이저 1, 2호와 여기에 실린 골든 레코드에 대해 자세히 설명하고 있습니다.

●**중심 내용**
1문단 우주 탐사선 중 하나인 보이저 1호와 2호에 대해 알아보기로 함.
2문단 무인 우주 탐사선 보이저 1호와 2호 덕분에 과학자들은 행성과 위성에 관한 여러 정보를 얻을 수 있었음.
3문단 보이저 1호와 2호에는 지구에 대한 여러 가지 다양한 정보가 담긴 골든 레코드가 실려 있음.
4문단 보이저 1호와 2호는 40여 년 전부터 여전히 우주를 항해하고 있음.

●**낱말 풀이**
위성 행성의 인력에 의하여 그 둘레를 도는 천체.
탐사하였습니다 알려지지 않은 사물이나 사실 따위를 샅샅이 조사하였습니다.
활약 활발히 활동함.

지문 ★★☆
낱말 ★☆☆

보이저 1호와 2호는 인류가 우주의 신비를 밝히기 위해 발사한 우주 탐사선 가운데 하나입니다. 보이저 1호와 2호에 대해 좀 더 알아봅시다.

보이저 1호와 2호는 1977년 미국 항공 우주국(NASA)에서 발사한 무인 우주 탐사선입니다. 무인 우주 탐사선이란, 사람이 타지 않은 우주 탐사선을 뜻합니다. 보이저 1호는 1977년 9월에 발사되었는데 목성과 토성, 그리고 이들의 위성에 관한 수많은 자료와 사진을 보내 주었습니다. 1977년 8월에 발사된 보이저 2호는 약 2년 만에 목성에 도착하였으며, 이후 토성은 물론 천왕성과 해왕성까지 탐사하였습니다. 이러한 보이저호의 활약 덕분에 과학자들은 행성과 위성에 관한 여러 가지 정보를 얻을 수 있게 되었습니다.

보이저 1호와 2호에는 특별한 것이 실려 있습니다. 바로 골든 레코드입니다. 지름 약 30센티미터 크기의 이 골든 레코드에는 파도, 바람, 새와 고래 소리 등과 인류가 만든 음악이 담겨 있습니다. 또 지구에서 쓰는 55개 언어로 녹음된 인사말이 담겨 있는데, 여기에는 우리나라 말도 포함되어 있습니다. 그리고 인간과 태양계의 모습 등을 담은 115장의 사진도 실려 있습니다. 이는 혹시라도 만날지 모르는 외계 생명체에게 지구와 인류에 대해 알려 주기 위해서입니다.

보이저 1호와 2호는 지금으로부터 약 40여 년 전에 발사되었습니다. 그러나 여전히 우주를 항해하고 있습니다.

1 이 글에서 설명하고 있는 것은 무엇입니까? (　　　)

이해

① 우주　　② 골든 레코드
③ 행성과 위성　　④ 미국 항공 우주국
⑤ 보이저 1호와 2호

붙임 딱지 붙여요.

2 이 글의 내용으로 알맞지 <u>않은</u> 것은 무엇입니까? (　　　)

이해

① 보이저 1호와 2호는 1977년에 발사되었다.
② 보이저 1호와 2호에는 사람이 탑승하고 있다.
③ 보이저 1호와 2호에는 골든 레코드가 실려 있다.
④ 골든 레코드에는 음악과 여러 언어로 녹음된 인사말이 담겨 있다.
⑤ 보이저 1호와 2호 덕분에 행성과 위성에 관한 여러 정보를 얻게 되었다.

3 다음 중 보이저 1, 2호에 실린 골든 레코드에 <u>없는</u> 것의 기호를 쓰세요.

이해

㉮ 인류가 만든 음악	㉯ 인간과 태양계의 사진
㉰ 지구 55개 언어의 인사말	㉱ 지구인이 상상한 외계인 그림

(　　　　　　　)

4 이 글을 읽을 때 활용할 만한 아는 지식은 무엇입니까? (　　　)

비판

① 위성의 개념　　② 인류의 진화 단계
③ 지구 내부의 구조　　④ 우주 비행사가 되는 법
⑤ 우리나라의 우주 개발 비용

독해 플러스

3주

사람의 처지와 상황을 나타내는 관용 표현

'주머니가 가볍다.'는 '가지고 있는 돈이 적다.'는 뜻이에요. 예로, '주머니가 가벼워서 비싼 것은 못 사겠다.'처럼 쓰이지요. 이와 비슷한말로 '주머니가 비다.'라는 표현을 쓰기도 해요. 반대로 돈이 풍족한 상황을 나타낼 때는 '주머니가 두둑하다.'라고 표현하지요.

사람의 처지와 상황을 나타내는 관용 표현

- **주머니가 가볍다** 가지고 있는 돈이 적다는 뜻이에요. 예 주머니가 가벼워서 비싼 것은 못 사겠다.
- **빼도 박도 못하다** 일이 몹시 난처하게 되어 그대로 할 수도 그만둘 수도 없는 상황을 말해요. 예 그만두고 싶은데 계속하기로 약속을 해서, 빼도 박도 못하게 됐어.
- **고생문이 훤하다** 앞으로 고생을 겪을 것이 뻔하다는 말이에요. 예 그 고약한 사람에게 일을 배우게 되었으니, 고생문이 훤하구먼.
- **배를 두드리다** 생활이 풍족하거나 살림살이가 윤택하여 안락하게 지낸다는 뜻이에요. 예 욕심 많은 관리는 재물을 긁어모아 배를 두드리며 살았다.
- **밥 먹듯 하다** 예사로 자주 한다는 말이에요. 예 아주 거짓말을 밥 먹듯 하는구나.
- **군침이 돌다** 식욕이 난다거나 이익이나 재물에 욕심이 생긴다는 뜻이에요. 예 큰돈을 벌 수 있다니, 군침이 도는 제안이로군.

1 **밑줄 친 말과 바꾸어 쓸 수 있는 표현을 골라 ○표 하세요.**

"여기서 뭐 해?"
"동민이를 기다리고 있어. 그런데 약속 시간이 10분이나 지나도록 안 오네."
"앞으로 동민이를 만날 때는 약속 시간보다 15분 늦게 나오렴."
"아니, 왜?"
"동민이는 늘 15분쯤 늦어. 지각을 예사로 자주 하지."

(고생문이 훤하지 / 배를 두드리지 / 밥 먹듯 하지)

2 **'빼도 박도 못하다.'와 바꾸어 쓸 수 있는 고사성어는 무엇입니까? ( )**

① 과유불급(過猶不及) ② 관포지교(管鮑之交) ③ 유비무환(有備無患)
④ 진퇴양난(進退兩難) ⑤ 형설지공(螢雪之功)

이번 주 나의 독해력은?	
	이번 주 학습을 모두 끝마쳤나요?
	경험을 떠올리며 시와 이야기를 읽을 수 있나요?
	아는 지식을 활용해 글을 읽을 수 있나요?

정답 1. 밥 먹듯 하지 2. ④

PART 3

문제해결 독해

글에서 감동적인 부분을 찾아 글쓴이의 마음에 공감하고
글을 읽고 난 감동을 표현하며 읽어요.
또, 여러 글에 나타난 다양한 문제 상황과 해결 방법을
나의 생활에 적용하며 창의적으로 읽는 방법을 배워요.

contents

16 글을 읽고 문제 상황에 알맞은 의견 마련하기

4주

★ 그림 속 문제 상황이 무엇인지 보기 에서 알맞은 말을 골라 쓰세요.

보기

편식　　경사로　　신호등　　분리수거

(1) (　　　　　　　)을/를 하는 친구들이 많다.

(2) 쓰레기 (　　　　　　　)이/가 제대로 되고 있지 않다.

(3) 횡단보도에 (　　　　　　　) 이/가 없어 사고가 날 위험이 있다.

(4) (　　　　　　　)이/가 너무 가팔라 휠체어를 타고 올라가기가 어렵다.

주제 탐구

문제 상황이란 해결하거나 바꾸었으면 하는 상황을 말합니다. 문제 상황에 알맞은 의견을 찾으려면 먼저 글에 나온 문제 상황이 무엇인지를 정확히 파악해야 합니다. 그런 다음, 그 문제를 해결할 수 있는 방법을 떠올립니다.

1 다음 문제 상황을 해결할 수 있는 의견을 보기에서 골라 그 기호를 쓰세요.

보기

㉮ 공원에 있는 쓰레기통을 없앤다.
㉯ 문화재 관람 시간을 밤늦게까지 늘린다.
㉰ 편식을 하면 어떤 문제가 생기는지 학생들에게 알려 준다.
㉱ 문화재 주변에 CCTV와 소화 시설을 설치하자고 건의한다.
㉲ 학생들 스스로 급식 시간에 먹고 싶은 음식을 골라 담게 한다.
㉳ 올바른 분리수거 방법을 담은 포스터나 표어를 만들어서 알린다.

(1) 편식을 하는 친구들이 많다. [ ]

(2) 문화재 관리가 잘 이루어지지 않고 있다. [ ]

(3) 쓰레기 분리수거가 제대로 되고 있지 않다. [ ]

2 다음 의견에 어울리는 까닭은 무엇입니까? ( )

횡단보도에 신호등을 설치하자.

① 사람들이 잘 이용하지 않기 때문이다.
② 아이들이 신호등을 잘 지키기 때문이다.
③ 신호등이 없어 사고가 날 위험이 있기 때문이다.
④ 운전하는 사람들이 신호등을 잘 지키기 않기 때문이다.
⑤ 학교 앞에서 빠른 속도로 달리는 차들이 많기 때문이다.

3 다음 설명하는 내용이 맞으면 ○표, 틀리면 X표 하세요.

(1) 의견이란 해결하거나 바꾸었으면 하는 상황을 말한다. ( )
(2) 제시하는 의견은 문제 상황과 관련이 있는 것이어야 한다. ( )
(3) 문제 상황에 대한 의견은 문제를 해결할 수 있고, 실천 가능해야 한다. ( )

유형 1 문제 상황 파악하기

글에서 글쓴이가 문제점이라고 파악한 상황을 찾는 문제입니다.

번지고 풍습, 풍조, 불만, 의구심 따위가 어떤 사회 전반에 차차 퍼지고.

1 이 글에 나타난 문제 상황은 무엇인지 빈칸에 들어갈 알맞은 말을 쓰세요.

도덕

여러 사람이 공동으로 사는 주택에서 일어나는 소음 공해를 가리켜 '층간 소음'이라고 합니다. 그런데 요즘 이 층간 소음으로 갈등을 겪는 사람들이 많습니다. 집은 잠을 자고 휴식을 취하며 생활을 하는 개인적인 공간인데 소음 때문에 편히 지낼 수 없다 보니 갈등이 벌어지는 것입니다. 더욱이 층간 소음으로 인한 갈등은 각종 사건과 사고로도 번지고 있어 사회적으로도 문제가 심각합니다. 우리는 이러한 층간 소음을 줄여, 모두가 쾌적한 환경에서 지낼 수 있도록 노력해야 합니다.

• ☐ (으)로 갈등을 겪는 사람들이 많다.

유형 2 문제 상황에 알맞은 의견 찾기

글쓴이가 말한 '위험하게 자전거를 타는 친구들이 많은' 문제 상황을 해결할 수 있는 알맞은 의견을 찾습니다.

곡예 아슬아슬할 정도로 위태로운 동작이나 상태.

2 이 글의 빈칸에 들어갈 의견으로 알맞은 것은 무엇입니까? (　　　)

도덕

길을 걷다 보면 자전거를 위험하게 타는 친구들이 많습니다. 친구와 얘기를 나누느라 앞을 잘 살피지 않고 자전거를 모는 친구도 있고, 자칫하면 사람이나 차와 부딪칠 수 있는데도 속도를 줄이지 않고 그대로 달리는 친구도 있습니다. 사람이 많은데도 자전거에서 내리지 않고 곡예를 하듯 사람들 사이를 요리조리 빠져나가려다가 넘어지거나 다른 사람과 부딪치는 친구도 있습니다. 이러한 문제를 해결하기 위해 ______________________.

① 어린이들은 자전거를 타지 못하게 해야 한다.
② 횡단보도를 건널 때 주의할 점을 잘 익혀야 한다.
③ 어린이들에게 자전거 안전 교육을 실시해야 한다.
④ 운전자에게 과속의 위험에 대해 알려 주어야 한다.
⑤ 어린이에게 자전거를 타게 한 어른을 처벌해야 한다.

3 사회 **보기**는 이 글에 나타난 문제 상황을 해결하기 위해 제시한 의견이에요. 이 의견에 대해 알맞게 말한 친구에 ○표 하세요.

세계에는 수많은 사람이 살고 있습니다. 그런데 이 가운데에는 기아의 고통에 시달리는 사람들이 있습니다. 기아란 먹을 것이 없어 굶주리는 것을 뜻합니다. 이와 같은 일이 벌어지는 까닭은 다양합니다. 홍수나 가뭄 같은 자연재해가 원인이 될 수도 있고, 식량을 제대로 생산할 수 있는 시설이 부족한 것도 원인일 수 있습니다. 또 전쟁 때문에 생길 수도 있습니다. 이러한 기아 문제는 몇몇 사람의 힘만으로는 해결하기 어려우므로 전 세계 사람들의 관심과 도움이 필요합니다.

보기

㉮ 주위 어른이나 친구들에게 먹을 것이 없어 굶주리는 사람들이 있다는 사실을 널리 알린다.

㉯ 기아 문제를 해결하는 데 조금이라도 도움이 되도록 학교에서 용돈을 모아 기부하는 운동을 펼친다.

(1) ㉮는 문제 상황과 관련이 없으므로 적절한 의견이 아니야.

(2) ㉯는 문제 상황과 관련이 있지만, 실천하기가 어려운 의견이야.

(3) ㉮, ㉯는 문제 상황과 관련이 있고, 실천할 수 있는 의견이야.

유형 3 **제시한 의견의 적절성 평가하기**

문제 상황을 해결하기 위해 제시한 의견이 문제 상황과 관련이 있는지, 실천 가능한지 평가합니다.

자연재해 태풍, 가뭄, 홍수, 지진, 화산 폭발, 해일 따위의 피할 수 없는 자연 현상으로 인하여 일어나는 재해.

●글의 종류 논설문

●글의 특징 이 글은 해마다 여름철에 물놀이 사고가 반복되는 문제 상황을 해결하기 위해 관련 기관과 개개인이 함께 노력하자고 제안하는 글입니다.

●중심 내용

1문단 해마다 여름이면 물놀이 사고로 다치거나 생명을 잃는 일이 반복됨.

2문단 매년 반복되는 물놀이 사고를 막으려면 관련 기관의 철저한 관리가 필요함.

3문단 개개인도 안전 불감증을 버리고 안전 수칙을 지키도록 노력해야 함.

4문단 관련 기관과 개인 모두 사고를 방지할 수 있도록 노력해 나가야 함.

●낱말 풀이

인산인해 사람이 산을 이루고 바다를 이루었다는 뜻으로, 사람이 수없이 많이 모인 상태를 이르는 말.

개개인 한 사람 한 사람.

명심하고 잊지 않도록 마음에 깊이 새겨 두고.

지문 ★★☆

낱말 ★★☆

해마다 여름이 되면 워터 파크 같은 물놀이 시설과 강, 계곡, 해수욕장은 더위를 피하려는 사람들로 인산인해를 이룹니다. 그런데 그때마다 사람들이 물놀이 사고로 인해 다치거나 생명을 잃는 일이 매년 반복되고 있습니다. 물놀이 사고의 원인은 다양하지만 수영 ㉠미숙과 안전 수칙을 지키지 않아 발생하는 경우가 대부분을 차지합니다.

이렇게 매년 반복되는 물놀이 사고를 막으려면 우선 관련 기관에서 물놀이하는 곳을 철저하게 관리해야 합니다. 수영 금지 구역임을 알리는 표지판이 훼손되지는 않았는지, 구조용 튜브를 비롯한 구조 장비에 이상은 없는지 등을 잘 확인해야 합니다. 또 문제가 있는 장비는 바로 교체하고, 구조 장비가 부족하지 않은지, 풀이나 나무 등에 장비가 가려지지 않고 사람들의 눈에 잘 보이는지 등도 점검해 보아야 합니다.

그리고 개개인도 안전 불감증을 버리고 철저히 안전 수칙을 지키려고 노력해야 합니다. 안전 불감증이란 사고 위험에 대해 별다른 의식을 갖지 못하는 것을 뜻합니다. '설마 무슨 일이 일어나겠어?', '나는 수영을 잘하니까 괜찮아.'와 같은 생각으로 수영이 금지된 곳에 들어가거나, 안전선 밖으로 넘어가 수영을 하는 경우가 있는데 이는 모두 안전 불감증에서 비롯된 행동입니다. 이러한 행동은 순식간에 사고로 이어질 가능성이 큽니다. 그러므로 물놀이를 할 때에는 사고가 일어날 수 있음을 항상 명심하고, 안전 수칙을 지키도록 노력해야 합니다. 사실 관련 기관의 노력만으로는 매년 일어나는 물놀이 사고를 막을 수 없기에 개개인의 안전 의식은 더욱더 중요합니다.

무더운 여름, 시원한 물에서 즐겁게 노는 것도 좋지만 안전을 최우선으로 생각하고 관련 기관과 개인 모두 사고를 방지할 수 있도록 노력해 나가야 할 것입니다.

1 이 글에 나타난 문제 상황으로 알맞은 것은 무엇입니까? (   )

이해

① 물놀이 사고를 방지하기 위한 관련 기관의 노력이 부족하다.
② 무더위로 인한 일사병, 열사병 환자가 급격히 늘어나고 있다.
③ 대중교통을 이용할 때 안전 수칙을 지키지 않는 사람들이 많다.
④ 물놀이 사고로 사람들이 다치거나 생명을 잃는 일이 매년 반복되고 있다.
⑤ 휴가철이 되면 물놀이를 하는 사람들이 몰리면서 강과 계곡, 바다에 쓰레기가 넘쳐난다.

4주 1일 학습 끝!

붙임 딱지 붙여요.

2 ㉠의 뜻을 알맞게 짐작한 사람에 ○표 하세요.

어휘

(1) 진호: 속도가 지나치게 빠르다는 뜻이야. (   )
(2) 미나: 굉장히 능숙하게 잘한다는 뜻이야. (   )
(3) 민수: 익숙하지 못하고 서투르다는 뜻이야. (   )
(4) 호정: 어떤 일을 한 번도 해 본 적이 없다는 뜻이야. (   )

3 이 글의 내용으로 알맞지 <u>않은</u> 것은 무엇입니까? (   )

이해

① 물놀이 사고의 원인은 다양하다.
② 관련 기관의 노력만으로도 물놀이 사고를 막을 수 있다.
③ 물놀이 사고는 수영 미숙과 안전 수칙을 지키지 않아 발생하는 경우가 많다.
④ 안전 불감증이란 사고 위험에 대해 별다른 의식을 갖지 못하는 것을 뜻한다.
⑤ 물놀이 사고를 막으려면 개개인도 철저히 안전 수칙을 지키도록 노력해야 한다.

4 이 글에 나타난 문제 상황을 해결할 수 있는 의견을 한 가지 떠올려 쓰세요.

문제해결

17 4주

경험을 떠올려 시 바꾸어 쓰기

★ 이 시에 나타난 말하는 이의 경험이 적힌 나뭇잎을 골라 ○표 하세요.

돌아오는 길

박두진

비비새가 혼자서
앉아 있었다.

마을에서도
숲에서도
멀리 떨어진,
논벌로 지나간
전봇줄 위에,

혼자서 동그마니
앉아 있었다.

한참을 걸어오다
뒤돌아봐도,
그때까지 혼자서
앉아 있었다.

(1) 새에게 모이를 준 일

(2) 학교에 일찍 도착해 혼자 앉아 있었던 일

(3) 지각할까 봐 학교까지 뛰어간 일

(4) 부모님과 숲에 놀러 간 일

(5) 특이한 색깔의 깃털을 가진 새를 본 일

(6) 혼자 앉아 있는 새를 본 일

주제 탐구

경험을 떠올려 시를 바꾸어 쓸 때에는 먼저 바꾸어 쓸 시를 감상합니다. 그런 다음 시로 쓰고 싶은 자신의 경험을 떠올리고, 원래 시에 있던 표현을 어떻게 바꾸어 쓸지 생각해 봅니다. 시를 바꾸어 쓴 다음에는 알맞은 제목을 붙여 봅니다.

1 왼쪽 시의 내용으로 맞으면 ○표, 틀리면 X표 하세요.

(1) 비비새는 혼자 앉아 있다. ( )
(2) 비비새는 마을에서 멀리 떨어진 논벌 위에 앉아 있다. ( )
(3) 말하는 이는 한참 걸어오다 뒤돌아서 비비새를 보았다. ( )
(4) 말하는 이가 뒤돌아봤을 때, 비비새는 어딘가로 날아가고 없었다. ( )

2 다음은 경험을 떠올려 왼쪽 시를 바꾸어 쓴 시예요. 어떤 경험을 떠올려 시를 바꾸어 썼는지 빈칸에 들어갈 알맞은 말을 쓰세요.

길고양이

길고양이가 혼자서
앉아 있었다.

놀이터를 지나
가게를 지나
길모퉁이를 돌면 나오는
우리 집
담벼락 밑에,

혼자서 앉아
하품을 하고 있었다.

집에 들어갔다
학원 가려고 다시 나왔는데
그때까지 혼자서
앉아 있었다.

• 우리 집 [ ] 에 혼자 앉아 있는 [ ] 을/를 본 일을 떠올려 바꾸어 쓴 시이다.

유형 1 원래 시와 바꾸어 쓴 시 비교하기

원래 시와 경험을 떠올려 바꾸어 쓴 시에서 달라진 점을 비교해 보는 문제입니다.

신발코 신발의 앞쪽에 불룩하게 튀어나온 부분.

1 국어 **㈏는 ㈎를 바꾸어 쓴 시예요. ㈎, ㈏에 대한 설명으로 알맞은 것을 두 가지 고르세요. (　　　　　)**

㈎

친구 생각

김일연

등나무에 기대서서
신발코로 모래 파다가

텅 빈 운동장으로
힘 빠진 공을 차 본다.

내 짝꿍 왕방울눈 울보가
오늘
전학을 갔다.

㈏

새 짝꿍

선생님 모르게 고개를 숙이고
씩 웃다가

쉬는 시간 교실을 나가며
신이 나서 폴짝 뛰어 본다.

내가 좋아하던 아이와
오늘
짝꿍이 됐다.

① ㈎와 분위기가 달라졌다.
② ㈏에는 반복되는 말이 많이 나온다.
③ ㈏에서는 말하는 이가 어린이에서 선생님으로 바뀌었다.
④ ㈏에는 좋아하던 아이와 짝이 된 일이 시에 나타나 있다.
⑤ ㈏에서는 ㈎의 3연은 그대로 두고 1연과 2연만 바꾸었다.

2 ㈎의 일부분을 ㈏처럼 바꿀 때 ㉠, ㉡에 들어갈 표현을 쓰세요.

국어

㈎

참 잘했지

엄기원

울 밑에 심심풀이로
꽃씨 몇 알 뿌려 놓고

까맣게 잊고 있었는데
어느새 싹이 트고
줄기가 자라
봉숭아꽃 분꽃이
고맙다고 웃는다.

그때
꽃씨 뿌리길 참 잘했지.

날마다 메우는 나의 일기
쓰면서 쓰면서
"에이, 일기는 뭣하러 쓴담?"
투덜댔는데

먼 훗날
그 일기 읽어 보니
온갖 기억 되살아난다.

그때
일기 쓰길 참 잘했지.

㈏

오랜만에 하는 우리 집 대청소
쓸고 닦으며
"청소는 왜 한담?"
짜증 냈는데

나중에
집을 휘휘 둘러보니
㉠ ______________

오늘
㉡ ______________

(1) ㉠: ______________

(2) ㉡: ______________

유형 2 경험을 떠올려 시의 일부분 바꾸어 쓰기
대청소할 때의 경험을 떠올려 시의 일부분을 직접 바꾸어 씁니다.

●글의 종류 동시

●글의 특징 이 시는 '나'와 친구 사이에 있었던 여러 가지 일들을 통해 '나'와 친구의 우정을 따뜻한 분위기로 표현한 시입니다.

●중심 내용

1연 '나'는 숙제를 할 때 찾아온 친구가 서운해할까 봐 함께 놀다가 밤에 숙제를 함.

2연 수업 시간에 말장난을 걸어온 친구가 서운해할까 봐 장난을 치다가 화장실 청소를 하게 됨.

3연 피시방 앞을 기웃거리는 '나'는 공을 차러 가자고 하는 친구가 밉지만 공을 차며 좋은 친구라고 생각함.

그래서 좋은 내 친구야

노여심

열심히 숙제할 때
놀자고 찾아온 ㉠너.
숙제 좀 미루어도
엄마는 나를 사랑하시지만
안 놀아 주면
너는 너무 서운할 거야.
너랑 실컷 놀다가
잠 쏟아지는 밤 숙제를 한다.
그래도 좋은 내 친구야.

얌전히 공부할 때
말장난 걸어온 너.
장난 좀 쳐도 선생님은 나를 사랑하시지만
모른 척하면
너는 너무 서운할 거야.
너랑 장난치다가
냄새나는 화장실 청소를 한다.
그래도 좋은 내 친구야.

아빠 말씀 선생님 말씀 까맣게 잊고
피시방 앞을 기웃거릴 때
"가자, 공 차러 가자."
내 손을 잡아끄는 너.
네가 밉다가 정말 밉다가
얼굴에 흐르는 땀을 닦는다.
그래서 좋은 내 친구야.

지문 ★★☆

낱말 ★☆☆

1 이해

㉠이 가리키는 사람은 누구인지 찾아 쓰세요. (   )

2 이해

이 시의 내용으로 알맞지 않은 것은 무엇입니까? (   )

① '나'의 친구는 '나'가 숙제를 할 때 찾아왔다.
② '나'는 숙제를 미루고 찾아온 친구와 놀았다.
③ '나'는 숙제를 안 한 벌로 화장실 청소를 했다.
④ '나'와 '나'의 친구는 수업 시간에 장난을 쳤다.
⑤ '나'는 아빠와 선생님 말씀을 잊고 피시방 앞을 기웃거렸다.

붙임 딱지 붙여요.

3 추론

이 시에 나오는 '나'와 '내' 친구의 성격으로 알맞은 것에 모두 ○표 하세요.

(1) '나'는 소심하고 조용한 성격이다. (   )
(2) '나'의 친구는 활발하지만 공부하기를 좋아한다. (   )
(3) '나'는 친구를 생각하는 마음이 큰, 정 많은 성격이다. (   )
(4) '나'의 친구는 친구가 잘못된 행동을 할 때 바로잡아 주는 속 깊은 성격이다. (   )

4 문제해결

다음은 경험을 떠올려 이 시의 일부분을 바꾸어 쓴 것이에요. 이 시에 대한 설명으로 알맞지 않은 것은 무엇입니까? (   )

> 찬바람이 불고
> 숨을 내쉬면 입김이 나오는 추운 겨울날
> 빨개진 내 손을 보고
> 꼈던 장갑을 벗어 내미는 너.
> 그래서 고마운 내 친구야.

① 시의 시간적 배경은 겨울이다.
② 친구에게 고마워하는 마음이 드러나 있다.
③ 친구와의 경험을 떠올려 시를 바꾸어 썼다.
④ 원래 시와는 달리 시의 분위기가 쓸쓸하다.
⑤ 친구가 말하는 이에게 장갑을 벗어 주었던 일이 나타나 있다.

18 설명하는 글의 내용 조직하기

4주

★ 쪽지에 설명하는 글의 글감이 쓰여 있어요. 글감에 알맞은 틀을 골라 선으로 이으세요.

(1) 생활 속 숯의 쓰임새

(2) 축구와 야구의 공통점과 차이점

(3) 식물이 씨를 퍼뜨리는 방법

(4) 소설과 희곡의 공통점과 차이점

①

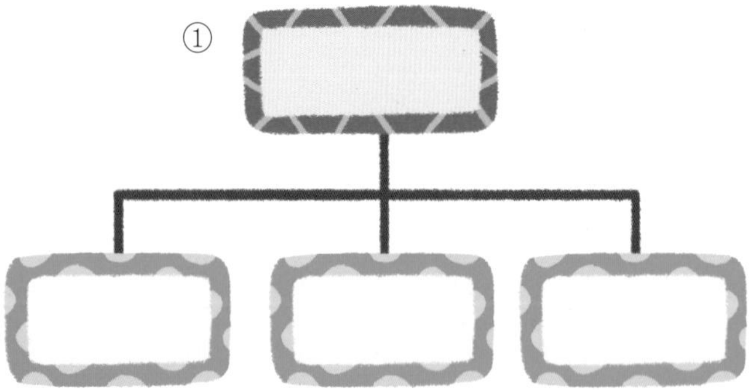

②

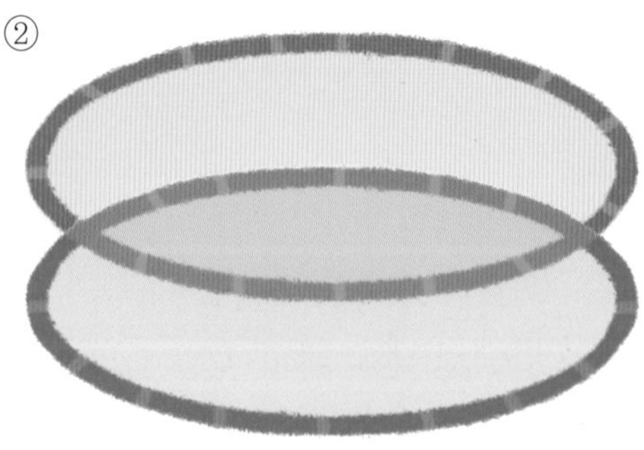

주제 탐구

설명하는 글을 쓸 때에는 무엇을 설명할지 정한 다음, 설명할 대상이나 목적에 알맞은 설명 방법을 선택해야 합니다. 그런 다음 필요한 자료를 수집하고 틀에 중심이 되는 내용을 정리하여 그것을 토대로 글을 씁니다.

1 다음 내용에 알맞은 설명 방법을 골라 ○표 하세요.

(1) '심장의 구조'나 '민들레의 구조'를 설명할 때에는 (**분석 / 비교와 대조**)의 설명 방법을 사용하는 것이 알맞다.

(2) '사자와 호랑이의 공통점과 차이점', '오페라와 판소리의 공통점과 차이점'을 설명할 때에는 (**분석 / 비교와 대조**)의 설명 방법을 사용하는 것이 알맞다.

2 다음 글을 쓸 때 수집해야 할 자료를 보기 에서 모두 골라 그 기호를 쓰세요.

보기

㉮ 여러해살이 식물의 뜻
㉯ 고려 때 팔만대장경을 만든 이유
㉰ 벌레잡이 식물의 종류
㉱ 팔만대장경이 보관되어 있는 장소
㉲ 고려청자를 만드는 과정
㉳ 공룡의 멸종 원인에 관한 다양한 학설
㉴ 곤충이 겨울을 나는 방법
㉵ 벌레잡이 식물이 곤충을 잡아먹는 까닭
㉶ 공룡이 지구에서 사라진 시기

(1) '공룡의 멸종 원인'에 대해 설명하는 글	(2) '팔만대장경'에 대해 설명하는 글	(3) '벌레잡이 식물'에 대해 설명하는 글

3 설명하는 글을 쓰는 방법에 대한 설명으로 맞으면 ○표, 틀리면 X표 하세요.

(1) 설명하는 글에는 추측하는 표현을 쓰지 말아야 한다. [ ]

(2) 설명하는 글을 쓸 때 필요한 자료는 책에서만 찾아야 한다. [ ]

(3) 설명하는 글에는 조금 확실하지 않은 정보를 넣어도 괜찮다. [ ]

(4) 설명하는 글은 읽는 사람이 잘 이해할 수 있는 말로 써야 한다. [ ]

유형 1 글감에 알맞은 설명 방법 파악하기

현무암과 화강암의 공통점과 차이점을 설명하는 데 알맞은 설명 방법을 찾습니다.

1 과학

이 글에서 사용할 설명 방법으로 알맞은 것은 무엇입니까? (　　　)

암석 가운데에는 현무암과 화강암이 있습니다. 현무암은 제주도의 돌하르방을 떠올리면 이해하기 쉽습니다. 돌하르방은 바로 이 현무암으로 만들어졌기 때문입니다. 화강암은 비석의 재료로 사용되는 암석인데, 단단하기 때문에 건축 재료로도 많이 쓰입니다. 현무암과 화강암은 공통점도 있지만, 색깔이나 알갱이의 크기를 비롯한 여러 가지 부분에서 차이점이 있습니다. 이러한 현무암과 화강암의 공통점과 차이점에 대해 알아보겠습니다.

① 열거　② 인과　③ 분류
④ 예시　⑤ 비교와 대조

유형 2 설명하는 글에 알맞은 자료 선정하기

도시 문제의 원인과 해결 방안을 설명하려는 (가)와 교통수단의 발달과 생활의 변화에 대해 설명하려는 (나)의 글을 쓸 때 수집해야 할 자료를 찾습니다.

2 사회

(가), (나)의 글을 쓸 때 수집할 자료로 알맞지 <u>않은</u> 것에 ○표 하세요.

(가) 도시에는 여러 문제가 발생합니다. 이를 도시 문제라고 합니다. 지금부터 도시에서 어떤 문제가 일어나고 그런 문제가 생기는 까닭은 무엇이며 어떻게 하면 해결할 수 있는지 알아봅시다.

(나) 교통수단이란 사람이 이동하거나 물건을 옮기는 데 사용하는 수단입니다. 세월이 흐르는 동안 교통수단은 점차 발달되어 왔으며, 교통수단의 발달로 사람들의 생활에도 많은 변화가 일어났습니다. 이러한 교통수단의 발달과 생활의 변화에 대해 하나씩 살펴보겠습니다.

(1) (가)의 글에는 도시에서 발생하는 여러 문제에 대한 자료를 수집한다. [　　]

(2) (나)의 글에는 옛날과 오늘날의 여러 교통수단에 관한 자료를 수집한다. [　　]

(3) (가)의 글에는 도시 문제가 발생하는 원인과 해결 방안에 관한 자료를 수집한다. [　　]

(4) (나)의 글에는 요즘 사람들이 많이 이용하는 교통수단과 그 요금에 관한 자료를 수집한다. [　　]

3 다음은 글의 중심 내용을 틀에 정리한 거예요. 틀의 빈칸에 들어갈 알맞은 내용을 보기 에서 찾아 그 기호를 쓰세요.

국어

보기
- ㉮ 우리나라의 전통 현악기이다.
- ㉯ 단단한 외골격이 몸을 보호해 준다.
- ㉰ 손가락으로 직접 튕겨서 소리를 낸다.
- ㉱ 곤충이 지구에서 번성할 수 있었던 까닭

(1) (   )

- 많은 수의 알을 낳는다.
- (2) (   )
- 몸집이 작아 먹이를 조금만 먹어도 된다.

거문고
- 줄이 6개이다.
- '술대'라는 막대기를 사용해 연주한다.

공통점

(3) (   )

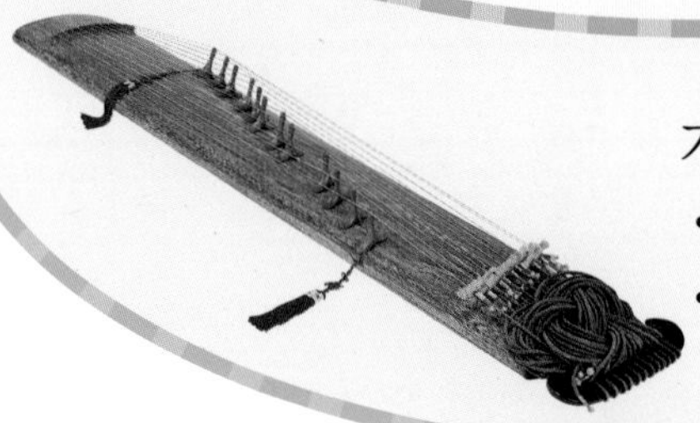

가야금
- 줄이 12개이다.
- (4) (   )

유형 3 틀에 들어갈 중심 내용 파악하기

설명하는 글의 틀에 들어갈 중심 내용을 파악하는 문제입니다.

외골격 동물체의 겉면에 있는, 몸을 보호하기 위하여 딱딱해진 구조. 연체동물의 껍데기, 절지동물의 키틴질의 표층 등이 있음.

●글의 종류 설명문

●글의 특징 이 글은 조선 시대의 신분증인 호패에 대해 자세히 설명하는 글입니다. 호패를 준 대상과 호패에 적는 내용, 재료 등에 대해 알려 줍니다.

●중심 내용
1문단 조선 시대에는 '호패'라고 하는 오늘날의 주민 등록증과 비슷한 신분증이 있었음.
2문단 호패는 16세 이상 남자들에게 주어졌으며, 신분에 따라 기록된 내용에 차이가 있었음.
3문단 호패를 만드는 재료는 신분에 따라 달랐음.
4문단 호패는 빌리거나 위조하지 않도록 꽤 엄격하게 관리되었음.

●낱말 풀이
여부 그러함과 그렇지 않음.
상아 코끼리의 엄니. 위턱에 나서 입 밖으로 뿔처럼 길게 뻗어 있음.
재질 재료가 가지는 성질.
위조하면 어떤 물건을 속일 목적으로 꾸며 진짜처럼 만들면.

지문 ★★☆
낱말 ★★★

주민 등록증은 사진과 이름, 주민 등록 번호, 거주지와 같은 개인 정보가 담겨 있는 신분증입니다. 그런데 조선 시대에도 오늘날의 주민 등록증과 비슷한 신분증이 있었습니다. 바로 '호패'입니다.

호패는 조선 시대에 16세 이상의 남자들에게 주었던 신분증입니다. 위는 둥그렇고 아래는 각이 진 네모난 모양으로, 길이는 대략 10센티미터 정도였습니다. 그런데 오늘날 사용하는 주민 등록증과 달리, 조선 시대의 호패는 신분에 따라 기록되는 내용에 차이가 있었습니다. 양반의 경우 이름과 주소처럼 비교적 간단한 내용이 기록된 반면 노비는 이름과 사는 곳, 주인의 이름은 물론 얼굴색, 수염이 있는지의 여부, 키와 같은 신체적인 특징까지 상세하게 적혀 있었습니다.

또한 호패를 만드는 재료 역시 신분에 따라 달랐습니다. 양반의 호패는 상아나 사슴의 뿔로 만들었지만 일반 백성은 나무로 만든 호패를 사용하였습니다. [㉠] 호패의 재질만 보아도 그 사람의 신분이 어느 정도인지를 파악할 수 있었습니다.

호패는 꽤 엄격하게 관리되었습니다. 만약 다른 사람에게 자신의 호패를 빌려주거나 호패를 함부로 위조하면 큰 벌을 받았습니다. 그리고 호패를 잃어버리거나 호패를 가지고 다니지 않아도 처벌을 받았다고 합니다.

1 이해 **이 글에서 설명하고 있는 것은 무엇입니까? (　　　)**

① 호패　　② 조선 시대　　③ 신분 제도
④ 주민 등록증　　⑤ 조선 시대의 형벌

4주 3일 학습 끝!
붙임 딱지 붙여요.

2 이해 **호패에 대한 설명으로 알맞지 <u>않은</u> 것은 무엇입니까? (　　　)**

① 호패는 16세 이상의 남자들에게 주었다.
② 일반 백성은 나무로 만든 호패를 사용하였다.
③ 양반의 호패는 상아나 사슴의 뿔로 만들었다.
④ 호패를 빌려주거나 함부로 위조하면 큰 벌을 받았다.
⑤ 양반의 경우 호패에 얼굴색이나 키와 같은 신체적 특징을 기록했다.

3 어휘 **㉠에 들어갈 이어 주는 말로 알맞은 것은 무엇입니까? (　　　)**

① 그러나　　② 그래서　　③ 하지만
④ 그런데　　⑤ 왜냐하면

4 구조 **이 글은 다음 틀에 있는 중심 내용을 바탕으로 쓴 거예요. 이 틀의 빈칸에 들어갈 알맞은 말을 쓰세요.**

호패

(1) (　　　　　) 의 신분증인 호패는 신분에 따라 기록되는 내용에 차이가 있었다.	(2) 호패를 만드는 데 쓰인 (　　　　) 도 신분에 따라 서로 달랐다.	(3) 호패는 빌려주거나 함부로 위조하지 않도록 꽤 엄격하게 관리되었다.

19 기행문의 짜임 조직하기

4주

★ 친구들이 기행문을 설명하는 팻말을 들고 있어요. 팻말에 적혀 있는 내용이 맞으면 ○표, 틀리면 X표 하세요.

주제 탐구

기행문은 '처음', '가운데', '끝'으로 이루어져 있습니다. 이 중 처음 부분에는 여행을 하게 된 동기가 들어갑니다. 그리고 가운데 부분에는 다닌 곳과 보고 들은 것, 생각하거나 느낀 것이 들어갑니다. 마지막으로 끝부분에는 여행에 대한 전체적인 감상이 들어갑니다.

1 ㉮~㉰ 중 여행하며 보고 들은 것을 골라 기호를 쓰세요. (   )

㉮ 방학을 맞이하여 수원 화성에 가기로 하였다. 한 번도 안 가 봤던 곳이라 설레었다.

㉯ 여행을 하며 마치 먼 옛날로 온 듯한 기분이 들었다. 그리고 수원 화성과 같은 멋진 문화유산이 있다는 것에 자부심을 느꼈다.

㉰ 수원 화성은 조선 시대 임금인 정조의 명에 따라 지어진 거대한 성으로 서북공심돈, 봉돈, 동남각루를 비롯한 여러 건축물이 있다고 한다.

2 (가)~(다)를 기행문의 짜임에 맞게 정리하여 기호를 쓰세요.

우포늪

(가) 우포늪을 돌아보고 나니 새삼 습지가 얼마나 놀랍고 신기한 곳인지를 느낄 수 있었다. 그리고 이곳에 터를 잡고 살아가는 생물들을 보면서 습지의 중요성도 깨닫게 되었다. 생태계의 보물 창고와도 같은 우포늪이 앞으로도 잘 보존되었으면 좋겠다.

(나) 우포늪은 우리나라에 있는 최대의 자연 습지이다. 그동안 우포늪에 꼭 한번 가 보고 싶었는데 마침 엄마가 여행을 제안하셔서 가게 되었다. 책으로만 보았던 우포늪을 직접 구경할 생각을 하니 기분이 좋았다. 집을 나선 우리는 차를 갈아탄 끝에 우포늪에 도착하였다.

(다) 엄마와 나는 먼저 우포늪 생태관으로 향했다. 그곳에 있는 전시물을 보며 우포늪이 어떻게 만들어졌고, 우포늪에 어떤 생물들이 살고 있는지를 알게 되었다. 전시관을 나온 뒤에는 본격적으로 우포늪 탐방에 나섰다. 우포늪의 모습은 무척이나 신비로웠다. 그리고 길을 따라 걷다 보면 다양한 모습이 펼쳐져 지루할 틈이 없었다. 엄마와 나는 쉬어 가면서 천천히 우포늪을 둘러보았다.

• (   ) ➡ (   ) ➡ (   )

유형 1 기행문의 짜임 알기

여행을 하게 된 동기와 여행을 가기 전의 마음 등이 드러난 글이 기행문의 짜임 중 어느 부분에 해당하는지 파악합니다.

채비 어떤 일이 되기 위하여 필요한 물건, 자세 따위가 미리 갖추어져 차려지거나 그렇게 되게 함.

1 **이 글은 기행문의 처음, 가운데, 끝부분 중 어디에 해당하는지 쓰세요.**

국어

모처럼의 연휴를 맞아 부모님과 나는 담양으로 여행을 떠나기로 하였다. 담양은 대나무로 유명한 지역으로, 울창한 대나무 숲인 죽녹원을 비롯하여 메타세쿼이아길이라고 하는 아름다운 가로수 길이 있는 곳이다. 시원한 바람을 맞으며 울창한 나무 사이를 걸을 생각을 하니 마음이 설레었다. 여행을 가기 위해 아침부터 일찍 일어났지만 전혀 힘들지 않았다. 모든 채비를 마친 우리 가족은 차에 몸을 실었다. 그리고 한참을 달린 끝에 담양에 도착하였다.

( )

유형 2 기행문의 끝부분에 나타난 내용 찾기

이 글이 기행문의 짜임 중 어느 부분인지 확인하고 해당 부분에 나타난 내용을 찾습니다.

경관 산이나 들, 강, 바다 따위의 자연이나 지역의 풍경.

2 **이 글에 나타난 내용을 모두 고르세요. ( )**

국어

성산 일출봉, 배를 타고 들어가서 둘러본 우도, 하늘과 땅이 만나 이루어진 연못이라는 뜻의 천지연 폭포, 쇠소깍, 주상 절리대……. 제주도에서 보았던 멋진 자연 경관은 앞으로 오래도록 기억될 것 같다. 다만 이번 여행에서 아쉬운 점이 있다면 못 가 본 제주도의 명소가 너무나 많다는 것이다. 이야기를 해 보니 다른 가족들도 나와 같은 마음이었다. 다음에 기회가 된다면 꼭 다시 제주도에 왔으면 좋겠다. 그 때에는 또 다른 신비하고 아름다운 제주도의 모습을 눈에 담을 수 있기를 기대해 본다.

① 여행의 전체 감상
② 여행한 뒤의 다짐
③ 여행을 떠날 때의 날씨
④ 여행을 하게 된 동기
⑤ 여행을 떠날 때의 교통편

3 이 글을 기행문의 짜임에 맞게 정리하여 ㈎~㈑의 기호를 쓰세요.

국어

㈎ 공산성을 둘러본 뒤에는 국립 공주 박물관으로 이동했다. 박물관 안에는 다양한 유물이 전시되어 있었는데 그중에서도 무령왕릉에서 출토된 유물들이 인상 깊었다. 특히 왕의 금제 뒤꽂이와 용무늬가 새겨져 있는 왕비의 은팔찌는 감탄을 자아냈다. 먼 옛날 어떻게 이런 아름답고 섬세한 장신구를 만들 수 있었는지 백제인의 솜씨가 놀랍기만 하였다.

㈏ 이번 여행을 통해 공산성에 가 보고 박물관에서 다양한 백제 유물을 관람할 수 있어 좋았다. 기회가 허락된다면 다음번에도 우리나라의 역사와 관련된 유적지로 여행을 가 보고 싶다.

㈐ 아빠가 바쁜 일이 끝나셨다며 공주로 여행을 가자고 하셨다. 나는 아빠의 말씀에 기쁘고 설레었다. 차를 타고 먼 곳까지 여행을 가는 것은 오랜만인데다 공주는 처음 가 보기 때문이다. 더욱이 공주가 백제의 도읍지였다는 설명을 듣고 나니 더욱 기대가 되었다.

㈑ 공주에 도착해 가장 먼저 간 곳은 '공산성'이었다. 공산성은 백제의 대표적인 성으로, 성의 전체 길이가 약 2,660미터라고 한다. 나는 아빠와 함께 공산성의 성벽을 따라 걸어 보았다. 먼 옛날 백제의 모습을 상상하며 걷다 보니 이상하면서도 신기한 느낌이 들었다. 경사진 곳을 올라갈 때에는 조금 힘들었지만, 높은 곳에서 바라본 공주 시내의 모습은 참으로 멋졌다.

• (　　　　) ➡ (　　　　) ➡ (　　　　) ➡ (　　　　)

유형 3 기행문의 짜임에 따라 정리하기

기행문의 짜임에 맞게 주어진 글을 차례대로 정리하는 문제입니다.

출토된 땅속에 묻혀 있던 물건이 밖으로 나오게 된.
금제 금으로 만듦. 또는 그런 물건.
자아냈다 어떤 감정이나 생각, 웃음, 눈물 따위가 저절로 생기거나 나오도록 일으켜 냈다.
도읍지 한 나라의 서울로 삼은 곳.

독해력 쑥쑥

★ 기행문의 짜임을 생각하며 글을 읽어 보세요.

● 글의 종류 기행문

● 글의 특징 이 글은 양동 마을에 다녀와서 쓴 기행문입니다. 글쓴이는 양동 마을 문화관과 양동 마을을 둘러보며 보고 듣고 느낀 점을 자세히 썼습니다.

● 낱말 풀이

등재된 일정한 사항이 장부나 대장에 올려진.

고택 옛날에 지은, 오래된 집을 이름.

웅장한 규모 따위가 거대하고 성대한.

지문 ★★☆

낱말 ★☆☆

(가) 이른 아침, 우리 가족은 양동 마을을 향해 떠났다. 엄마께서 모처럼 방학이니 함께 여행을 가 보자고 하셨기 때문이다. 양동 마을은 전통 민속 마을로, 유네스코 세계 문화유산으로 등재된 곳이다. 나는 경주에 가 본 적이 있지만, 양동 마을은 처음이어서 이번 여행이 무척 기대되었다. 집을 나선 우리 가족은 차를 갈아타며 이동한 끝에 목적지에 도착하였다.

(나) 부모님과 나는 마을을 보기에 앞서 양동 마을 문화관에 들렀다. 그곳에는 양동 마을의 역사를 알려 주는 다양한 전시물과 대표적인 고택들을 ㉠축소시켜 놓은 모형들이 있었다. 모형을 보고 설명을 읽으니 마을에 있는 여러 집에 대해 잘 알 수 있었다.

(다) 양동 마을 문화관을 나온 우리 가족은 본격적으로 양동 마을을 둘러보았다. 마을은 예상했던 것보다 훨씬 규모가 컸다. 길을 따라 걸음을 옮기다 보니 '관가정'이라는 고택이 나왔다. 관가정은 '곡식이 자라는 모습을 보듯이 자손들이 커 가는 모습을 본다.'는 뜻으로, 보물 제442호로 지정되어 있다고 한다. 집 이름도 신기하거니와, 이름에 그처럼 깊은 뜻이 담겨져 있다는 점도 놀라웠다.

(라) 우리 가족은 다시 마을을 이리저리 둘러보며 마을에 있는 여러 고택을 살펴보았다. 그중에는 보물 제411호로 지정되어 있는 '무첨당'도 있었고, 중요 민속자료 제23호로 지정된 '서백당'도 있었다. 서백당의 마당에는 향나무가 있었는데, 웅장한 향나무의 모습이 무척 인상적이었다. 한참 동안 마을을 구경하다 보니 벌써 꽤 오랜 시간이 지나 있었다. 우리는 그만 발길을 돌려 마을 입구로 향했다.

(마) 양동 마을을 둘러보고 나니 이곳에 오기를 잘했다는 생각이 들었다. 오랜 세월 동안 옛 모습이 잘 보존되어 내려온 만큼 앞으로도 양동 마을의 모습이 오래도록 이어졌으면 좋겠다.

1 이해

이 글의 내용으로 알맞지 않은 것은 무엇입니까? (   )

① 글쓴이는 가족과 함께 양동 마을에 갔다.
② 글쓴이는 경주에 가 본 적이 한 번도 없었다.
③ 양동 마을은 옛 모습을 그대로 간직한 전통 민속 마을이다.
④ 양동 마을에 있는 관가정과 무첨당은 보물로 지정되어 있다.
⑤ 관가정은 '곡식이 자라는 모습을 보듯이 자손들이 커 가는 모습을 본다.'는 뜻을 지닌 고택이다.

붙임 딱지 붙여요.

2 이해

㈎에 나타난 내용은 무엇입니까? (   )

① 여행을 하게 된 동기
② 여행을 마친 후의 다짐
③ 여행에 대한 전체적인 감상
④ 여행을 하며 보고 들은 것
⑤ 여행을 하며 생각하거나 느낀 것

3 어휘

㉠의 뜻을 알맞게 말한 친구에 ○표 하세요.

(1) 실제보다 작게 만들어 놓았다는 뜻이야.

(2) 실물과 똑같은 크기로 만들어 놓았다는 뜻이야.

(3) 규모를 실제보다 더 크게 만들어 놓았다는 뜻이야.

4 구조

기행문의 짜임에 맞게 빈칸에 ㈎~㈒의 기호를 쓰세요.

처음	(1) ( )
가운데	(2) ( )
끝	(3) ( )

인물의 성격 표현하기

★ 글에서 인물의 성격을 직접 알려 주면 '직접', 인물의 말이나 행동으로 보여 주면 '간접'이라고 쓰세요.

(1) 수진이네 할아버지는 시골에서 사십니다. 할아버지는 매일 새벽 다섯 시면 일어나서 빗자루로 마당을 쓸고 집 안을 깨끗하게 정리하십니다. 그러고는 강아지에게 밥을 주십니다. 할아버지는 잠시도 손을 놓고 쉬는 법이 없습니다. (   )

(2) 윤정이는 올해 5학년에 올라가는 여자아이입니다. 성격이 활달하며 자존심이 무척 강합니다. 그래서 다른 친구에게 지는 것을 무척이나 싫어합니다. (   )

(3) 대현이네 학교에서는 학생들이 직접 텃밭을 가꾸어요. 아이들이 돌아가며 텃밭에 심은 농작물에 물을 주고, 잡초를 뽑기도 하지요. 그런데 대현이는 매번 아이들 사이에서 일하는 척 시늉만 냈어요.

"내가 안 해도 다른 애들이 다할 텐데 뭘."

어떤 때에는 화장실에 가는 척 빠져나온 다음 한참 쉬다가 돌아가기도 했지요. (   )

주제 탐구

이야기에서 인물의 성격을 알려 주는 방법으로는 '직접적 제시'와 '간접적 제시'가 있습니다. '직접적 제시'는 이야기 속에서 말하는 이가 직접 인물의 성격을 설명하는 방법입니다. '간접적 제시'는 인물의 말이나 행동을 통해 인물의 성격을 드러내는 방법입니다.

1 이 글에서 짐작할 수 있는 준호의 성격에 ○표 하세요.

오늘 준호는 자원봉사를 하는 아빠를 따라나섰어요. 아빠는 시간이 날 때마다 혼자 사시는 할아버지, 할머니 댁에 봉사 활동을 다니시거든요. 준호는 아빠 옆에서 잔심부름을 하며 일을 거들었지요.

"어유, 이제야 살겠네."

전등에 불이 들어오자 할머니는 환하게 웃으며 말씀하셨어요. 그러고는 고맙다며 밥상을 차려 오셨어요. 상에는 건더기가 하나도 없는 된장찌개에 눅눅한 김, 시어 있는 김치가 전부였지요.

그런데 밥을 막 뜨려는 순간 준호는 깜짝 놀랐어요. 밥그릇에 뭐가 묻어 있었거든요. 할머니께서 눈이 어두우셔서 설거지가 제대로 되어 있지 않았던 거예요. 준호는 할머니께서 안 보시는 사이 밥그릇에 묻어 있는 것을 얼른 닦아 냈어요.

"우아, 맛있겠다. 할머니, 잘 먹겠습니다."

할머니는 준호가 맛있게 먹는 모습을 보시고 기뻐하셨어요.

- 준호는 (**소심하고 내성적인 / 온화하고 정직한 / 착하고 배려심이 많은**) 성격이다.

2 다음 빈칸에 들어갈 알맞은 말을 보기에서 찾아 쓰세요.

보기

말　　행동　　성격　　직접적

(1) 인물의 ☐☐을/를 제시하는 방법으로는 직접적 제시와 간접적 제시가 있다.

(2) ☐☐☐ 제시는 말하는 이가 직접 인물의 성격을 설명하는 방법을 말한다.

(3) 간접적 제시는 인물의 ☐이나 ☐☐을/를 통해 인물의 성격을 드러내는 방법이다.

유형 1 인물의 성격 제시 방법 구별하기

인물의 성격을 설명하는 방법 중 직접적 제시와 간접적 제시를 구분하는 문제입니다.

1 국어

이 글에서 부자의 성격을 설명한 방법을 알맞게 말한 친구에 ○표 하세요.

옛날 어느 마을에 부자가 살았다. 부자는 돈이 생기면 커다란 자루에 넣어 두었다. 그러고는 하루에도 몇 번씩 자루 속을 들여다보았다.

"누가 훔쳐 갈지 모르니 베고 자야지!"

부자는 잠을 잘 때에도 돈이 담긴 자루를 베고 잤다.

이 부자에게는 머슴이 있었는데 부자는 머슴에게 밥을 주는 것도 아까워했다. 그래서 쌀로 밥을 지어 주지 않고 강냉이로 만든 떡을 주었다. 그것마저도 머슴이 아파서 일을 못 하는 날에는 한 개도 주지 않았다. 그래서 머슴은 늘 배고파했다.

(1) 말하는 이가 인색한 부자의 성격을 직접 설명하고 있어.

(2) 이 글에서는 부자의 성격이 드러나지 않았어.

(3) 부자의 말과 행동으로 인색한 부자의 성격을 드러내고 있어.

유형 2 인물의 성격을 직접 설명한 부분 찾기

글에서 말하는 이가 인물의 성격을 직접 설명한 부분을 찾습니다.

세심한 작은 일에도 꼼꼼하게 주의를 기울여 빈틈이 없는.

2 국어

이 글에서 인물의 성격을 직접 설명한 부분의 기호를 쓰세요.

㉠"세상에. 정말 똑같이 생겼네."

"그러게 말이에요. ㉡어쩜 볼 옆에 있는 작은 점까지 똑같을까? 얘, 네가 동우지? 아니 승우인가?"

"허허허. 거참, 나도 모르겠단 말이야. 볼 때마다 헷갈리네."

동우와 승우가 나란히 있는 모습을 보면 사람들은 깜짝 놀랍니다. ㉢둘은 얼굴이 똑같이 생긴 쌍둥이이기 때문입니다. ㉣하지만 두 아이는 성격이 정반대로, 동우는 항상 덜렁댑니다. 반면 승우는 아주 꼼꼼하고 세심한 성격입니다.

(　　　　　　)

3 이 글에서 알 수 있는 네로의 성격으로 알맞은 것은 무엇입니까? (　　　　)

국어

갈 곳이 없는 네로와 파트라셰는 눈길에 서 있었습니다. 그때 갑자기 파트라셰가 킁킁대며 눈을 파헤치기 시작했습니다. 눈 속에는 두툼한 지갑 하나가 떨어져 있었습니다. 네로가 지갑을 주워 들여다보자 2천 프랑이나 되는 돈이 들어 있었습니다. 네로는 주인을 찾아 주기 위해 지갑을 잘 살펴보았습니다. 그러다 지갑에 코제 씨의 이름이 새겨져 있는 것을 보았습니다.

"가자, 파트라셰."

네로는 서둘러 코제 씨의 집으로 향했습니다. 코제 씨네 문을 두드리자 알로이스의 엄마가 나왔습니다. 네로는 지갑을 내밀며 말했습니다.

"길에서 발견했어요."

알로이스의 엄마는 깜짝 놀라며 지갑을 건네받았습니다.

"파트라셰가 눈 속에 파묻혀 있던 것을 찾아냈어요. 저, 그러니 파트라셰 좀 맡아 주시겠어요? 지금껏 아무것도 먹지 못했거든요."

말을 마친 네로는 밖으로 나갔습니다. 얼마 후 집으로 돌아온 코제 씨가 괴로워하며 말했습니다.

"아무리 찾아봐도 없어. 이제 우린 빈털털이가 되었군!"

알로이스 엄마는 지갑을 내밀며 네로가 다녀간 이야기를 해 주었습니다.

위다, 『플랜더스의 개』

① 착하고 정직하다.　② 활달하고 용감하다.
③ 부지런하고 성실하다.　④ 조용하고 수줍음이 많다.
⑤ 끈기 있고 모험심이 강하다.

유형 3 말과 행동을 통해 인물의 성격 짐작하기

인물의 말과 행동을 통해 인물의 성격을 짐작하는 문제입니다.

프랑 프랑스, 스위스, 벨기에의 화폐 단위.

● 글의 종류 이야기(동화)

● 글의 특징 이 글은 「원숭이 꽃신」의 일부로, 주어진 글은 오소리가 원숭이 마을의 먹이를 몽땅 빼앗기 위해 원숭이를 찾아가 꽃신을 선물하는 부분입니다.

● 낱말 풀이
삭은 음식물이 발효되어 맛이 든.
망개 청미래덩굴의 열매.
지천이었다 매우 흔했다.
골똘히 한 가지 일에 온 정신을 쏟아 딴생각이 없이.
아첨 남의 환심을 사거나 잘 보이려고 알랑거림. 또는 그런 말이나 짓.

지문 ★★☆
낱말 ★★☆

원숭이는 입을 벌리고 연달아 하품을 하였다. 잣을 실컷 까먹은 뒤라 눈이 스르르 감기더니 이내 코를 골기 시작하였다.

원숭이 마을에는 먹을 것이 얼마든지 있었다. 봄이면 겨울 동안 삭은 망개 열매가 있었고, 덩굴딸기가 익어 갔다. 여름이면 머루와 다래, 으름이 지천이었다. 가을이 되면 잣이 영글어 원숭이의 먹이는 더욱 많아졌다. 원숭이 마을에 먹이가 많다는 소문이 멀리 퍼져 오소리도 이 소문을 듣게 되었다.

'음, 어떻게 하면 원숭이 마을의 먹이를 몽땅 빼앗아 먹을 수 있을까?'

오소리는 굴속에서 골똘히 생각에 잠겼다. 오소리는 한참을 생각하다 좋은 꾀가 떠올랐는지 손뼉을 치면서 침을 꼴딱 삼켰다.

얼마 뒤, 원숭이는 자기를 부르는 소리에 잠이 깼다.

"원숭이 나리, 단잠을 깨워서 죄송합니다."

오소리는 점잖게 머리를 숙이며 말하였다.

"오, 난 또 누구시라고. 오소리 영감이 아니오?"

"원숭이 나리, 마음에 드실지 모르겠습니다만 여기 작은 선물을 가져왔습니다."

"이게 무엇입니까?"

"이것은 꽃신입니다. 신어 보시면 발이 푹신할 것입니다."

㉠ 오소리는 어리둥절해하는 원숭이에게 꽃신을 신겼다.
"야, 꽃신을 신으니까 정말 점잖고 훌륭해 보이십니다."

오소리의 칭찬과 아첨에 원숭이는 기분이 좋아졌다.

"고맙기는 하지만, 무엇으로 이 은혜를 갚아야 할지 모르겠소."

㉡ "원, 천만에요. 이것은 제 손으로 만드는 것이니 얼마든지 가져다 드리겠습니다. 제가 바라는 것은 서로 사이좋게 지내는 것뿐입니다."
오소리가 꼬리를 휘저으며 말하였다.

정휘창, 「원숭이 꽃신」

붙임 딱지 붙여요.

1 이해

이 이야기에 등장하는 인물을 모두 찾아 쓰세요.

(　　　　　　　　　　　　　　　　)

2 이해

이 이야기에서 일어난 일로 알맞지 않은 것은 무엇입니까? (　　　)

① 원숭이 마을에는 먹을 것이 많았다.
② 원숭이 마을에 먹이가 많다는 소문을 오소리도 듣게 되었다.
③ 오소리는 원숭이 마을의 먹이를 빼앗아 먹을 궁리를 하였다.
④ 오소리는 원숭이를 찾아가서 작은 선물이라며 꽃신을 주었다.
⑤ 원숭이는 오소리가 선물이라며 가져온 꽃신이 맘에 들지 않아 했다.

3 추론

이 이야기에서 오소리의 성격을 알려 주는 방법을 알맞게 말한 친구에 ○표 하세요.

(1) 말하는 이가 직접 오소리의 성격을 설명하고 있어.

(2) 오소리의 말이나 행동을 통해 오소리의 성격을 드러내고 있어.

(3) 이 글만 보아서는 오소리의 성격을 제시한 방법을 알 수 없어.

4 추론

㉠, ㉡에서 짐작할 수 있는 오소리의 성격으로 알맞은 것은 무엇입니까? (　　　)

① 친절하다.　② 거만하다.　③ 활달하다.
④ 음흉스럽다.　⑤ 배려심이 깊다.

독해 플러스 필요한 부분만 뽑아 읽기

4주

책을 읽을 때에는 처음부터 순서대로 읽을 때도 있지만, 필요한 부분만 뽑아서 읽을 때가 있어요. 이렇게 여러 책이나 글에서 필요한 부분만 뽑아 읽는 것을 '발췌독'이라고 해요. 설명서에서 필요한 부분을 찾아 읽거나 주제별로 쓰여진 책에서 제목, 차례, 찾아보기 등을 보고 필요한 부분만 뽑아서 읽는 방법이에요.

필요한 부분만 뽑아 읽기

'필요한 부분만 뽑아 읽기(이하 뽑아 읽기)'는 주로 정보가 많은 설명서나 사전, 전문 분야를 다룬 책에서 알고 싶은 정보가 실린 곳을 찾아 읽을 때 필요한 독서 방법이에요. 우리도 문제집을 풀고 나서 모르는 문제만 정답과 해설을 찾아볼 때가 있지요? 이런 경우도 '뽑아 읽기'에 해당한답니다. 그래서 '뽑아 읽기'는 시험을 준비할 때나 학문을 연구할 때 많이 쓰이는 독서 방법이기도 해요.

'뽑아 읽기'를 할 때에는 제목이 실린 차례나 찾아보기에서 쪽수를 찾아 자신이 필요한 정보가 실린 곳을 찾아 읽으면 되지요. 매일매일 쏟아지는 정보와 책의 양이 어마어마한 요즘에 꼭 필요한 독서 방법이기도 해요.

1 설명서에서 알고 싶은 정보를 뽑아 읽을 때

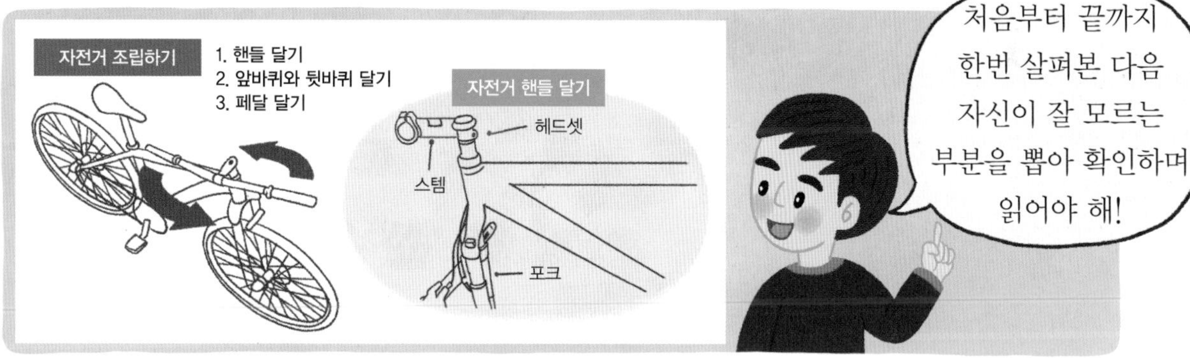

2 사전이나 전문 분야의 책에서 알고 싶은 부분을 뽑아 읽을 때

이번 주 나의 독해력은?		
	이번 주 학습을 모두 끝마쳤나요?	
	글을 읽고 문제 상황에 알맞은 의견을 쓸 수 있나요?	
	인물의 성격을 표현한 방법을 알 수 있나요?	

세 마리 토끼 잡는

초등 독해력

정답 및 풀이

쪽수를 잘 보고 정확한 정답과
자세한 풀이를 만나 보세요.

1주 12~13쪽 개념 톡톡

★ (1)→(4)→(5)→(8) 1. (부산) 자갈치 시장, 태종대
2. (1) 감상 (2) 견문 (3) 감상 (4) 감상 (5) 견문

★ 여정은 여행을 한 과정, 견문은 여행하며 보거나 들은 것입니다. 또 같은 장소를 여행해도 사람마다 감상이 다를 수 있으며, 기행문은 다양한 형식으로 쓸 수 있습니다.
1. 글쓴이는 가족과 함께 부산 자갈치 시장을 구경한 뒤 태종대로 갔습니다.
2. 견문은 여행을 하면서 보거나 들은 것, 감상은 여행을 하며 느끼거나 생각한 것입니다. 글에 드러난 내용이 어디에 해당하는지 파악합니다.

1주 14~15쪽 독해력 활짝

1. 박경리 기념관 2. ㉠, ㉡ 3. ③, ⑤

1. 글쓴이는 통영의 동피랑 마을을 방문한 뒤 박경리 기념관에 갔습니다.
2. 여행을 하며 보거나 들은 것을 '견문'이라고 합니다. ㉠, ㉡은 근정전의 쓰임새에 대해 엄마께 들은 부분으로, 견문에 해당합니다.
3. '감상'은 여행하며 생각하거나 느낀 것입니다. '~한 느낌이 들었다, ~한 생각이 들었다.'고 감상을 표현한 부분은 ③, ⑤입니다.

1주 16~17쪽 독해력 쑥쑥

1. 독립 기념관, 홍대용 과학관 2. ④
3. (1) ㉡, ㉢, ㉣ (2) ㉠, ㉤ 4. ③

1. 글쓴이는 천안역에서 내려 독립 기념관, 병천 순대 거리, 홍대용 과학관을 차례로 방문하였습니다.
2. ④는 홍대용 과학관에서 알게 된 내용입니다.
3. (1) ㉡, ㉢, ㉣은 여행을 하면서 보고 들은 것이므로, 견문에 해당합니다. (2) ㉠, ㉤은 여행을 하면서 느끼거나 생각한 것이므로 감상입니다.
4. 글쓴이는 그동안 몇몇 도시에 가 봤지만 천안은 처음이라고 하였습니다.

1주 18~19쪽 개념 톡톡

★ (1) 설 (2) 주 (3) 주 1. 박쥐 2. (1) ○ (2) ○
3. (1) ㉠ (2) ㉡, ㉢, ㉣

★ (1)은 토성에 대해 설명하는 글, (2)는 원자력 발전소를 차츰 줄여 나가야 한다고 주장하는 글, (3)은 동물 실험을 해서는 안 된다고 주장하는 글입니다.
1. 이 글은 박쥐에 대해 설명하는 글입니다.
2. 설명하는 글을 읽는 방법으로 알맞은 것은 (1), (2)입니다. (3)은 주장하는 글을 읽는 방법입니다.
3. 이 글에서 동물 실험에 대해 내세우는 글쓴이의 주장은 ㉠입니다. 그리고 이 주장을 뒷받침하는 근거로 든 것은 ㉡, ㉢, ㉣입니다.

1주 20~21쪽 독해력 활짝

1. (2) ○ (3) ○ 2. ③ 3. ③ 4. (1) ○

1. 이 글은 '트라이애슬론'에 관해 설명하는 글이므로 설명하는 대상과 내용, 내용의 정확성 등을 주의 깊게 보아야 합니다.
2. 주장하는 글을 읽을 때에는 자신의 생각과 비교하며 비판하는 태도로 읽어야 합니다.
3. 라플레시아는 파리를 잡아먹는 식충 식물이 아니므로, ③은 더 찾아볼 내용으로 알맞지 않습니다.
4. 글쓴이는 '선의의 거짓말을 해도 된다.'는 주장을 하고 있습니다. 따라서 글쓴이의 생각과 자신의 생각에서 같은 점을 비교한 것은 (1)입니다.

1주 22~23쪽 독해력 쑥쑥

1. 페니실린 2. 하지만 3. ③ 4. (4) ○

1. 이 글에서 설명하는 대상은 페니실린이 약품으로 만들어지기까지의 과정입니다.
2. 페니실린은 세계 최초의 항생제이지만 플레밍이 페니실린을 발견한 다음 바로 치료하는 데 사용하지 못했습니다. 이 내용으로 보아 ㉠에 들어갈 이어 주는 말은 '하지만'입니다.
3. 페니실린이라는 이름을 붙인 사람은 플레밍입니다. 체인과 플로리는 페니실린을 약품으로 만들었습니다.
4. 푸른곰팡이가 포도상구균을 죽이므로, 남영이는 글을 읽는 방법을 알맞게 말하지 못하였습니다.

1주 24~25쪽 개념 톡톡

★ 참외, 수박 / 꿀벌, 개미 / 짚신, 나막신 / 조선백자, 고려청자 **1.** (1) 비교 (2) 비교 (3) 대조 (4) 대조 (5) 비교 **2.** ㉯ **3.** (1) ③ (2) ④

★ 비교와 대조의 방법으로 설명하려면 일정한 기준이 있어야 합니다. 따라서 과일, 곤충, 신발, 도자기끼리 묶는 것이 알맞습니다.

1. 대상의 공통점을 찾아 설명한 것은 (1), (2), (5)입니다. 대상의 차이점을 찾아 설명한 것은 (3), (4)입니다.
2. ㉯ 컴퓨터의 구조는 컴퓨터를 이루고 있는 것들을 설명해야 하므로, 설명 방법 중 분석을 사용하기에 알맞습니다.
3. (1)은 신발의 재료를, (2)는 활동하는 시간을 대조하는 기준으로 삼았습니다.

1주 26~27쪽 독해력 활짝

1. (1) 비교 (2) 대조 **2.** ①, ③, ⑤ **3.** (1) 두 (2) 백 (3) 두 (4) 백

1. 이 글은 『삼국사기』와 『삼국유사』를 견주어 설명하고 있습니다. ㉠은 두 책의 공통점을, ㉡은 차이점을 설명하고 있으므로 ㉠은 비교, ㉡은 대조에 해당합니다.
2. 이 글에서 축구와 핸드볼을 비교, 대조한 기준은 경기 시간과 경기에서 승패를 가르는 방법, 경기를 치르는 선수의 수 등입니다.
3. 몸 빛깔이 하얀 백로는 여름 철새로, 높은 나무 위에 둥지를 짓습니다. 겨울 철새인 두루미는 하늘을 날 때 목을 일자로 쭉 펴고 납니다. 또, 머리 꼭대기에 붉은색 피부가 드러나 있습니다.

1주 28~29쪽 독해력 쑥쑥

1. 징, 꽹과리 **2.** ⑤ **3.** ⑤ **4.** 대조

1. 이 글은 징과 꽹과리를 비교와 대조의 방법으로 설명하고 있습니다.
2. ⑤는 징의 연주 방법입니다.
3. 징을 칠 때에는 헝겊으로 감싼 채를 사용합니다. 나무를 깎아 만든 방망이 모양의 채로 두드려 소리를 내는 것은 꽹과리의 연주 방법입니다.
4. ㈐는 징과 꽹과리 소리의 차이점을 설명하는 대조의 방법을 사용하고 있습니다.

1주 30~31쪽 개념 톡톡

★ (1) 1, 4 (2) 6, 7, 9, 10 (3) 2, 3, 5, 8 **1.** (1) ① ○ (2) ② ○ (3) ② ○ **2.** (1) 바깥귀, 가운데귀, 속귀 (2) 뿌리, 줄기, 잎, 꽃 (3) 머리, 가슴, 배

★ 1~10이 꽃, 채소, 과일 중 무엇에 해당하는지를 떠올려 번호를 씁니다.

1. (1) 매, 호랑이, 치타는 육식 동물이고 사슴, 토끼, 기린은 초식 동물입니다. (2) 개나리, 진달래, 민들레는 봄에 피는 꽃이고, 국화, 코스모스, 구절초는 가을에 피는 꽃입니다. (3)은 모두 척추가 있는 동물로, 닭, 참새, 타조, 펭귄만 날개가 있습니다.
2. 그림을 보고 대상을 어떤 부분으로 나눌 수 있는지 생각하여 **보기** 에서 찾아 씁니다.

1주 32~33쪽 독해력 활짝

1. (2) ○ **2.** ⑤ **3.** ③ **4.** (1) 대뇌 (2) 간뇌 (3) 연수

1. 하나의 대상을 부분으로 나누어 설명하는 방법을 '분석'이라고 합니다.
2. 대상을 일정한 기준에 따라 나누어 설명하는 방법을 '분류'라고 합니다.
3. 이 글에서 시는 형식에 따라 자유시, 정형시, 산문시로 나뉜다고 하였습니다.
4. 이 글은 뇌를 대뇌, 중뇌, 소뇌, 간뇌, 연수로 나누어 분석의 방법으로 설명하고 있습니다.

1주 34~35쪽 독해력 쑥쑥

1. 백제 금동 대향로 **2.** ⑤ **3.** 분석 **4.** (1) ○

1. 이 글은 백제 금동 대향로에 대해 설명하고 있습니다.
2. 글에서 백제 금동 대향로는 발견 당시 모습이 잘 보존되어 있었다고 하였습니다.
3. ㉡은 '백제 금동 대향로'라는 하나의 대상을 뚜껑과 몸체, 받침으로 나누어 설명하고 있습니다. 따라서 ㉡에 쓰인 설명 방법은 분석입니다.
4. 이 글에 백제에서 얼마나 많은 향로를 만들게 되었는지는 나타나 있지 않습니다.

1주 36~37쪽 개념 톡톡

★ 예 축구, 배구 1. (1) 오이, 양파 (2) 송편, 오곡밥 (3) 바이올린, 플루트 2. (1) ② (2) ③ (3) ④ (4) ① 3. (1) 열거 (2) 인과

★ 공을 가지고 하는 운동을 떠올려 빈칸에 씁니다.
1. 괄호 안의 말 중 채소, 명절에 먹는 음식, 서양 악기에 해당하는 예를 찾습니다.
2. (1)~(4)에 있는 낙타의 신체적인 특징 때문에 어떤 일이 가능한지를 ①~④에서 골라 선으로 잇습니다.
3. ㈎는 우리 국토에 대한 자신의 생각을 죽 늘어놓으며 열거의 방법으로 설명하고 있습니다. ㈏는 해수면 상승의 원인과 결과를 밝혀 설명하고 있습니다.

1주 38~39쪽 독해력 활짝

1. ⑤ 2. ㉤ 3. ① 4. (4) ○

1. ㉠처럼 여러 가지 예나 사실을 죽 늘어놓으며 설명하는 방법을 '열거'라고 합니다.
2. ㉤에서는 '이 중 뒷다리는 매우 길고 튼튼해서(원인)→자기 몸길이의 20~30배 되는 거리를 뛸 수 있다.(결과)'라는 인과의 설명 방법이 사용되었습니다.
3. ㉠과 ①에는 열거가 사용되었으며, ②에는 대조, ③에는 인과, ④에는 분류, ⑤에는 정의의 설명 방법이 사용되었습니다.
4. ㉠에 사용된 인과는 어떤 현상의 원인과 결과를 밝혀 주는 설명 방법이므로, (4)의 내용을 설명하기 알맞습니다.

1주 40~41쪽 독해력 쑥쑥

1. ② 2. 열거 3. ㉤ 4. ③

1. 글에서 물자라는 주로 물이 잔잔한 곳에 서식한다고 하였습니다.
2. ㉠은 수서 곤충의 예를 죽 늘어놓으며 설명하는 열거의 방법을 사용하였습니다.
3. ㉤에는 '물방개는 배와 딱지날개 사이 공간에 공기를 저장할 수 있기 때문에(원인)→물속에서도 숨을 쉴 수 있다.(결과)'는 인과의 설명 방법이 사용되었습니다.
4. 물속에서도 숨을 쉴 수 있는 물방개의 모습을 본떠 개발했다고 했으므로, ㉮에 들어갈 말로 알맞은 것은 ③입니다.

2주 46~47쪽 개념 톡톡

★ 1, 3, 4, 8 1. (1) ㉠ (2) ㉢ (3) ㉤

★ 글을 요약할 때에는 글의 구조를 살펴본 뒤, 글의 구조에 알맞게 중요한 내용을 중심으로 정리합니다. 먼저 각 문단의 중심 문장을 찾아 간추립니다. 그런 다음 중요한 내용과 중요하지 않은 내용을 구별하여 중요하지 않은 내용은 생략합니다.
1. 이 글에서 가운데 부분에 해당하는 것은 2~4문단입니다. 표의 빈칸에 들어갈 2~4문단의 중심 문장을 찾아 기호를 씁니다.

2주 48~49쪽 독해력 활짝

1. (3) ○ 2. ② 3. 예 지구상에서 가장 추우며, 몇몇 동물과 식물이 살고 있다. 그리고 특이한 기상 현상이 나타난다.

1. 글의 중요한 내용인 사군자의 뜻과 이름 붙여진 유래, 사용된 곳을 모두 간추린 것은 (3)입니다.
2. 이 글은 3차 산업의 여러 가지 종류에 대해 설명하고 있으므로, 중심 문장으로 알맞은 것은 ㉡입니다.
3. **〈서술형〉** ❶ 글의 구조에서 빈칸에 들어갈 내용이 가운데 부분에 있는 내용임을 파악합니다. ⇨ ❷ 이어 주는 말을 알맞게 써서 내용을 정리합니다.

2주 50~51쪽 독해력 쑥쑥

1. ④ 2. ㉠ 3. ③ 4. 예 이집트에서는 파피루스를, 페르가몬 왕국에서는 양피지를, 중국에서는 죽간을 만들어 사용했다.

1. 이 글에서 메소포타미아에서는 점토판에 글을 새긴 다음 햇볕에 말리거나 불에 구워 보관했다고 하였습니다.
2. ㉡~㉤은 파피루스를 만들어 사용한 방법에 대해 구체적으로 설명하는 내용이므로, 중심 문장은 ㉠입니다.
3. 보기 와 ①, ②, ④, ⑤는 뜻이 비슷한 말이고, ③은 뜻이 반대 관계에 있는 말입니다.
4. **〈서술형〉** ❶ 3~5문단의 중심 문장을 찾습니다. ⇨ ❷ 중심 문장을 연결해 빈칸에 알맞은 문장을 씁니다.

2주 52~53쪽 개념 톡톡

★ (1) 일 (2) 생각 (3) 일 **1.** (1) ㉰ (2) ㉯ (3) ㉮
2. 4, 1, 3, 2

★ 카드에 적힌 문장이 일어난 일인지, 생각이나 느낌인지를 구별하여 빈칸에 씁니다.
1. 일어난 일, 생각이나 느낌으로 미루어 **보기** 의 내용이 어느 곳에 들어가야 할지 생각해서 기호를 씁니다.
2. 〈문제 1번〉의 처음, 가운데, 끝부분에 들어갈 내용을 참고하여 글의 차례를 파악합니다.

2주 54~55쪽 독해력 활짝

1. ④ **2.** (3) ○ **3.** ①, ③

1. 글쓴이는 고생하시는 부모님께 언니와 함께 김치볶음밥을 만들어 드린 일을 글감으로 글을 썼습니다.
2. 글쓴이는 ㉠에서 기운 없어 보이시는 부모님을 보고 안타깝고 걱정스러운 마음이 들었습니다. 그리고 ㉡에서는 부모님이 맛있게 드시는 모습을 보고 뿌듯한 마음이 들었습니다.
3. 글에는 다발 짓기에 없는 내용이 자세하게 들어 있어 좀 더 생생한 느낌을 줍니다. 다발 짓기 내용과 글에는 모두 글쓴이의 경험과 생각이나 느낌이 들어가 있습니다.

2주 56~57쪽 독해력 쑥쑥

1. ⑤ **2.** 정월 대보름날 저녁 **3.** ③ **4.** ②, ③, ⑤

1. 이 글은 글쓴이가 엄마와 정월 대보름을 맞아 펼쳐지는 놀이마당에 다녀온 경험을 쓴 생활문입니다.
2. 시간적 배경은 글의 처음 부분에 나타나 있습니다.
3. 글쓴이가 친구들과 함께 풍물놀이 공연을 한 것은 아닙니다. '나'와 엄마는 빈자리를 찾아 앉아 풍물놀이 공연을 보았습니다.
4. 이 글을 처음, 가운데, 끝으로 나눌 때 가운데 부분은 '공원에 도착하자 ~좋겠다고 생각하였다.' 부분입니다. 이 부분에 나타난 글쓴이의 생각이나 느낌은 ②, ③, ⑤입니다.

2주 58~59쪽 개념 톡톡

★ 거짓말, 갯벌 **1.** (1) ○ (4) ○ (5) ○ **2.** ④

★ 주장은 글쓴이가 어떤 문제에 대해 내세우는 의견입니다. '~해야 한다, ~하자.'와 같은 표현에 나타난 친구들의 주장을 파악하여 빈칸에 들어갈 말을 씁니다.
1. (2) 글쓴이의 의견을 뒷받침해 주는 내용은 근거입니다. (3) 각 문단의 중심 내용을 살펴보면 글쓴이의 주장을 파악할 수 있습니다.
2. 글쓴이는 시각 장애인들이 불편을 겪는 경우가 많으므로, '의약품이나 생필품에 점자 표기를 늘려야 한다.'고 주장하고 있습니다.

2주 60~61쪽 독해력 활짝

1. (2) ○ **2.** ③ **3.** (1) 예 누리 소통망 중독 때문에 우울감에 빠질 수도 있다. (2) 예 누리 소통망에 중독되면 일상생활도 제대로 할 수 없다.

1. 글쓴이는 이기적인 행동을 해서는 안 된다고 주장하고 있습니다. 이와 같은 주장을 강조하기 위해 글에서 (2)의 낱말들을 자주 사용하고 있습니다.
2. 글쓴이는 동물원은 이제 마땅히 없어져야 한다고 주장하고 있으므로, 이러한 주장이 드러나 있는 제목을 답으로 고릅니다.
3. (나), (다), (라)는 글쓴이의 주장에 대한 근거로, 각 문단의 첫 문장이 중심 문장입니다.

2주 62~63쪽 독해력 쑥쑥

1. ③ **2.** ㉡, ㉢, ㉣ **3.** ③ **4.** ⑤

1. 글쓴이는 비만세가 여러 문제점을 안고 있어 '비만세를 도입해서는 안 된다.'고 주장하고 있습니다.
2. ㉠은 비만세가 등장하게 된 배경을 설명한 것이며, ㉤은 글쓴이의 주장입니다. ㉡, ㉢, ㉣은 글쓴이의 주장을 뒷받침하는 근거입니다.
3. 글에서 비만세를 가장 먼저 도입한 덴마크가 효과를 거두지 못한 채 일 년 만에 비만세를 폐지했다고 하였습니다.
4. 장점은 '좋거나 잘하거나 긍정적인 점'이라는 뜻이므로 문제점을 대신할 말로 알맞지 않습니다.

2주 64~65쪽 개념 톡톡

★ (1) ①, ③ (2) ①, ②, ④ **1.** ㉢ **2.** (1) × (2) ○ (3) × (4) ○ (5) ○ (6) ○

★ (1) ②는 주장과 관련 없는 내용이며, ④는 주장과 반대되는 입장의 근거입니다. (2) ③은 주장과 관련 없는 내용입니다.

1. 신상 털기로 인해 입는 피해가 거의 없다는 것은 사실이 아니므로, ㉢은 주장을 뒷받침하는 근거로 적절하지 않습니다.
2. (1) 근거는 내용이 객관적이어야 합니다. (3) 근거는 사람들이 받아들일 수 있도록 설득력이 있어야 합니다.

2주 66~67쪽 독해력 활짝

1. ②, ③, ⑤ **2.** (2) ○ **3.** ㉣ **4.** ②

1. 글쓴이는 통일이 이루어져야 한다고 주장하고 있습니다. 이 주장을 뒷받침하려면 통일이 되었을 때의 장점인 ②, ③, ⑤를 근거로 들 수 있습니다.
2. (1) 글쓴이가 내세운 근거는 그 내용이 주장과 관련 있습니다. (3) 근거를 제시할 때 반드시 전문가의 말을 인용해야 하는 것은 아닙니다.
3. 영국에서 사형제를 폐지했다고 해서 우리나라의 상황에 대한 고려 없이 사형제를 폐지해야 한다고 주장할 수 없습니다. 따라서 ㉣은 주장을 뒷받침하는 근거로 적절하지 않습니다.
4. 계획을 세운다고 해서 원하는 목표를 모두 달성할 수 있는 것은 아니므로, ㉠은 사실이 아닙니다.

2주 68~69쪽 독해력 쑥쑥

1. ⑤ **2.** ⑤ **3.** (1) ○ (3) ○ **4.** ①, ③, ④

1. 글에서는 빛 공해 때문에 알에서 부화한 바다거북이 도로 쪽으로 가게 된다고 하였습니다.
2. 글의 마지막 부분에서 글쓴이는 빛 공해를 줄이도록 노력하자고 주장하고 있습니다.
3. ㉡은 이 글의 주장과 밀접한 관련이 있으며 내용도 사실이므로 근거로서 적절합니다.
4. ② 도시의 주택가와 공원, 강변에 있는 가로등을 없애는 것은 안전상 적절한 방법이 아닙니다. ⑤ 축사 주변에 빛을 밝히면 가축들이 빛 공해에 시달립니다.

2주 70~71쪽 개념 톡톡

★ (1) ③ (2) ① (3) ② **1.** ①, ②, ⑤ **2.** ④ **3.** (2) ○

★ (1)에서 '나'는 손에 써 놓은 대사가 지워져 무대에서 당황했습니다. (2)에서 '나'는 늦잠을 자서 허둥지둥 학교에 갔습니다. (3)에서 '나'는 아저씨에게 들국화를 받았습니다.

1. 이 이야기에는 '나', '나'의 가족, 늦달이 아저씨가 나옵니다.
2. 이 이야기의 공간적 배경은 '우리 집 문 앞'입니다.
3. 이야기 속 중심 사건은 늦달이 아저씨가 처음 음식 배달을 하러 온 일입니다. 얼굴이 까무잡잡한 아저씨가 귀와 머리 사이에 철쭉을 꽂고 철가방을 들고 서 있어서 우리 식구들은 좀 놀랐다고 하였습니다.

2주 72~73쪽 독해력 활짝

1. ⑤ **2.** (1) ○ (3) ○ **3.** ③, ⑤ **4.** (4) ○

1. '나'는 가족들과 마라톤 대회에 참가하시는 할아버지를 응원하러 갔습니다.
2. 이야기는 일기와 달리 다른 사람의 생각이나 마음도 알 수 있으며, 일기나 생활문에 비해 흥미진진하고 읽는 재미가 있습니다.
3. ③ 새엄마에게 인사하지 않고 방으로 들어가 문을 '꽝' 닫는 것으로 보아, '나'는 밝고 상냥한 성격이라고 할 수 없습니다. ⑤ 이야기에 새엄마와 할머니가 갈등을 겪는 내용은 나오지 않습니다.
4. 이야기에 등장하는 인물의 성격은 이야기의 진행이나 처한 상황에 따라 변하기도 합니다.

2주 74~75쪽 독해력 쑥쑥

1. ② **2.** ④ **3.** 집안일 **4.** (2) ○

1. 이야기에서 '나'의 어머니는 파업을 하고 있습니다.
2. 이야기에서 '나'의 엄마는 안 내려오실 거냐는 물음에 '그래.'라고 대답하셨습니다.
3. 이야기 속 내용으로 미루어 엄마는 가족들이 아무도 집안일을 스스로 하지 않아 파업을 하셨다는 것을 짐작할 수 있습니다.
4. 이 이야기와 일기에는 모두 일상생활 속 경험이 드러나 있습니다.

3주 78~79쪽 개념 톡톡

★ (1)→(3)→(5)→(6) 1. 감자 2. (3) ○ 3. ①, ③, ④

★ 경험을 떠올리며 시를 읽을 때에는 시의 내용을 살펴보고 말하는 이의 경험을 파악해 이와 비슷한 경험을 생각해 봅니다.
1. 시에서 말하는 이는 아빠와 함께 감자를 캐며 기뻐하고 있습니다.
2. 말하는 이는 감자를 수확하며 기뻐하고 있습니다. 따라서 이 시를 읽고 떠오르는 경험을 알맞게 말한 친구는 (3)입니다.
3. ② ㉡은 아빠 목소리를 흉내 내어 읽는 것이 알맞습니다. ⑤ 시의 내용과 분위기로 보아 ㉢을 놀라고 두려워하는 목소리로 읽는 것은 적절하지 않습니다.

3주 80~81쪽 독해력 활짝

1. ④ 2. (1) ㉰ (2) ㉯ 3. ④

1. 이 시에는 좋아하는 친구 앞에서 수줍어했던 경험이 나타나 있습니다.
2. ㉠에서는 평행봉에서 물구나무를 선 아저씨를 보고 놀라고 감탄하는 마음을, ㉡에서는 평행봉에서 할 수 있는 묘기가 얼마나 되는지 궁금해하는 마음을 알 수 있습니다.
3. 말하는 이는 컴퓨터 게임에 대한 생각이 머리에서 떠나지 않아 괴로워하고 있습니다. 이처럼 재미있는 일을 계속하고 싶어서 괴로웠던 경험은 ④입니다.

3주 82~83쪽 독해력 쑥쑥

1. ③ 2. 넓고 잔잔한 바다 3. ③ 4. (3) ○

1. 이 시는 아버지의 안경을 무심코 써 본 일을 글감으로 쓴 시입니다.
2. 2연에서 '아버지는 넓고 잔잔한 바다 같은 눈으로 자식의 얼굴을 바라보신다.'고 표현하였습니다.
3. ㉠에서 말하는 이는 늙어 가는 아버지에 대한 안타까움과 슬픈 마음을 표현하고 있습니다.
4. 이 시에서 말하는 이는 늙어 가는 아버지를 안타까워하고 있습니다. 말하는 이와 비슷한 경험으로 알맞은 것은 허리가 굽으신 외할머니의 모습에 속상해하는 (3)입니다.

3주 84~85쪽 개념 톡톡

★ (5) ○ 1. ⑤ 2. (1) ○ (2) × (3) ○ (4) × (5) ○
3. (1) ㉠, ㉡ (2) ㉢, ㉣

★ 이 이야기에는 할머니가 다친 비둘기 구구를 치료하고 돌보는 내용이 나옵니다. 이와 비슷한 경험을 말한 친구는 (5)입니다.
1. 할머니가 다친 구구를 치료하고 보살펴 준 것으로 보아, 할머니는 인정이 많고 마음씨가 고운 성격입니다.
2. 이야기에서 할머니가 구구의 날개를 살펴보거나 구구가 할머니에게 가려고 푸드덕거리는 장면은 나오지 않습니다.
3. ㉢, ㉣처럼 비둘기가 말을 하거나 말로 참새를 부르는 일은 현실에서 일어날 수 없습니다.

3주 86~87쪽 독해력 활짝

1. ③ 2. (2) ○ 3. ⑤ 4. ㉢, ㉣

1. 이야기에서 '나'는 마침내 꿈을 찍는 사진관을 찾았다고 하였습니다.
2. 이 글에서 정호는 승우라는 아이를 부러워하고 있습니다. 이와 비슷한 경험을 말한 친구는 (2)입니다.
3. 병이 나은 찬호와 흰 구름이 된 눈사람이 다시 만나는 장면은 이야기에 나오지 않습니다.
4. 현실 세계에서 토끼가 사람처럼 말을 중얼거리거나(㉢), 조끼 주머니에서 시계를 꺼내 보는 일(㉣)은 일어날 수 없습니다.

3주 88~89쪽 독해력 쑥쑥

1. 앤, 길버트 2. ③ 3. ④ 4. (1) ○

1. 이 이야기에서는 앤의 머리카락을 놀린 일로 앤과 길버트가 갈등을 겪고 있습니다.
2. 수업 시간 내내 서 있는 벌을 받은 것은 앤입니다.
3. 앤은 자신을 놀린 길버트의 사과를 받아 주지 않았습니다. 이로 보아 앤은 자존심이 강하고 단호한 성격임을 알 수 있습니다.
4. 이 글에서 앤은 자신의 빨간 머리카락을 놀린 길버트에게 화를 냈습니다. 따라서 이야기 속 '앤'과 비슷한 경험을 떠올린 친구는 (1)입니다.

3주 90~91쪽 개념 톡톡

★ (4) ○ 1. ③ 2. (1) 본 일 (2) 한 일 (3) 들은 일

★ 이 글은 땀에 대해 설명하고 있어, (4)가 글을 읽을 때 떠올릴 만한 겪은 일로 알맞습니다.
1. 이 글에서는 일기 예보의 종류에 대해 설명하지 않았습니다.
2. (1) 은지는 텔레비전에서 일기 예보를 보았던 일을 떠올렸습니다. (2) 세미는 직접 기상청에 체험 학습 갔던 일을 떠올렸습니다. (3) 민주는 어촌에서 일기 예보가 중요하다는 이야기를 들은 일을 떠올렸습니다.

3주 92~93쪽 독해력 활짝

1. (3) ○ 2. ⑤ 3. (1) ○ (3) ○

1. 판소리에 대해 설명한 글이므로, (3)과 같은 겪은 일을 떠올릴 수 있습니다.
2. 글의 마지막 부분에서 '감기와 독감은 다른 질병이므로 독감 예방 접종을 했다고 감기를 예방할 수 있는 것은 아니다.'라고 하였습니다.
3. (1)은 한 일을, (3)은 들은 일을 떠올리며 글을 읽은 것입니다. 그러나 (2)는 내용으로 보아 겪은 일을 떠올린 것이라고 할 수 없습니다.

3주 94~95쪽 독해력 쑥쑥

1. ㉯ 2. ② 3. 버선 4. ③

1. 이 글은 동지의 유래와 다양한 풍습에 대해 설명하는 글이므로, ㉯가 제목으로 알맞습니다.
2. 조상들은 동지를 가리켜 '작은 설'이라고 불렀습니다.
3. 뒤에 나오는 '그래서 어른들이 ~지어 드린 것입니다.'라는 문장에서 ㉠에 들어갈 낱말이 '버선'임을 짐작할 수 있습니다.
4. 이 글은 다양한 동지 풍습에 대해 설명하고 있으며, 그중에는 팥죽에 관한 내용도 있습니다. 따라서 ③이 글을 읽을 때 떠올릴 만한 겪은 일로 알맞습니다.

3주 96~97쪽 개념 톡톡

★ (1) ① (2) ② (3) ② 1. 하나를 둘 이상으로 가르다. / 말이나 이야기, 인사 따위를 주고받다. / 여러 가지가 섞인 것을 구분하여 분류하다. 2. (1) 흘러넘쳤다 (2) 없애는 (3) 숨겼다 (4) 말랐다 3. (1) ○ (2) ○ (3) ×

★ (1)~(3)의 문장에 연결된 사다리를 타고 내려가서 '나누었다'가 어떤 뜻으로 사용되었는지 생각해서 ○표 합니다.
1. 사다리를 타면서 찾은 '나누다'의 세 가지 뜻을 생각그물에 정리하여 씁니다.
2. 밑줄 친 낱말의 뜻을 짐작해 본 다음, 바꾸었을 때 뜻이 잘 통하는 낱말을 보기 에서 골라 씁니다.
3. (3) 앞뒤에 나오는 비슷한말이나 반대되는 낱말과의 관계를 통해서도 낱말의 뜻을 짐작할 수 있습니다.

3주 98~99쪽 독해력 활짝

1. ④ 2. (2) ○ 3. ③

1. 글에 나오는 ㉠'고치기가'는 '잘못되거나 틀린 것을 바로잡기가.'의 뜻으로 쓰였습니다.
2. ㉡'반대로 경사가 급한'이라는 표현에서 ㉠은 ㉡과 반대되는 뜻임을 알 수 있습니다. 따라서 ㉠의 뜻으로 알맞은 것은 (2)입니다.
3. '기피하는'은 '꺼리거나 싫어하여 피하는'이라는 뜻이므로 '좋아하는'과 바꾸어 쓸 수 없습니다.

3주 100~101쪽 독해력 쑥쑥

1. (1) 왼손잡이 (2) 열린 사회 2. ② 3. ③ 4. (3) ○

1. 글쓴이의 주장은 이 글의 마지막 부분에 드러나 있습니다.
2. 글에서 학자들은 왼손잡이를 오른손잡이로 바꾸려는 잘못을 더 이상 저지르지 말라고 권고하였습니다.
3. '향상되고'는 '실력, 수준, 기술 따위가 나아지고'라는 뜻이므로 '높아지고'와 바꾸어 쓸 수 있습니다.
4. ㉯ '무모한'은 '어리석은' 또는 '앞뒤를 잘 헤아려 깊이 생각하는 신중성이나 꾀가 없는'이라는 뜻입니다. ㉮의 내용에서 ㉯의 뜻을 짐작할 수 있습니다.

3주 102~103쪽 개념 톡톡

★ (1) ○ (6) ○ 1. ⑤ 2. (1) 지식 (2) 깊이 (3) 비교

★ 글의 내용과 관련 있으며, 글을 읽을 때 활용하면 내용을 더욱 쉽게 이해할 수 있는 지식은 (1), (6)입니다.
1. 글에서 「그랑드자트섬의 일요일 오후」에는 강아지와 원숭이 같은 동물도 찾아볼 수 있다고 하였습니다.
2. 아는 지식을 활용해 글을 읽으면 글의 내용을 쉽게 이해할 수 있고, 내용을 보다 깊이 이해할 수 있습니다. 그리고 이미 알고 있던 내용과 비교하며 글을 읽을 수 있어 좋습니다.

3주 104~105쪽 독해력 활짝

1. ③ 2. (3) ○ (4) ○ 3. (1) 예 제례 행사의 여흥 (2) 씨름도 (3) 고려사

1. 글의 처음 부분에서 물물 교환의 불편한 점을 말하고 있어 이 부분을 읽을 때 ③과 같은 아는 지식을 활용할 수 있습니다. ①, ②, ④, ⑤는 글의 내용과 상관없는 내용입니다.
2. 이 글에는 먹장어와 붕장어의 먹이, 뱀장어가 낳는 알의 개수에 관한 내용은 나타나지 않았습니다.
3. 1~3문단에서 설명하는 중심 내용을 찾습니다. 그리고 글에서 씨름의 정의와 역사적 자료, 기록이 나타난 곳을 살펴 빈칸에 알맞은 낱말을 씁니다.

3주 106~107쪽 독해력 쑥쑥

1. ⑤ 2. ② 3. ㉣ 4. ①

1. 이 글에서 설명하고 있는 대상은 보이저 1호와 2호입니다.
2. 보이저 1호와 2호는 무인 우주 탐사선으로, 무인 우주 탐사선은 사람이 타지 않은 우주선을 말합니다.
3. ㉣는 골든 레코드에 담겨 있지 않습니다. 글에서 골든 레코드에 실린 것은 ㉮, ㉯, ㉰라고 하였습니다.
4. 글에 보이저 1호가 목성과 토성 그리고 이들의 위성에 관한 자료와 사진을 보내 주었으며, 보이저호 덕분에 과학자들이 행성과 위성에 관한 여러 가지 정보를 얻을 수 있게 되었다고 하였습니다. 따라서 ①이 글을 읽을 때 활용할 만한 지식으로 알맞습니다.

4주 112~113쪽 개념 톡톡

★ (1) 편식 (2) 분리수거 (3) 신호등 (4) 경사로
1. (1) ㉰ (2) ㉱ (3) ㉳ 2. ③ 3. (1) × (2) ○ (3) ○

★ 그림에 나타난 문제 상황을 파악하여 문제 상황을 설명하는 말로 알맞은 것을 보기 에서 골라 빈칸에 씁니다.
1. 보기 에서 문제 상황과 관련이 있고, 문제를 해결할 수 있는 의견을 골라 기호를 씁니다.
2. 신호등을 설치하는 까닭을 생각해 봅니다. 신호등이 없으면 사고가 날 위험이 있습니다.
3. (1) 의견은 어떤 문제나 일에 대한 생각을 말합니다. '해결하거나 바꾸었으면 하는 상황'은 문제 상황입니다.

4주 114~115쪽 독해력 활짝

1. 층간 소음 2. ③ 3. (3) ○

1. 글에 나타난 문제 상황은 요즘 층간 소음으로 갈등을 겪는 사람들이 많다는 것입니다.
2. 이 글의 문제 상황은 '자전거를 위험하게 타는 친구들이 많다.'이므로, ③이 의견으로 알맞습니다.
3. 의견 ㉮, ㉯는 '기아의 고통에 시달리는 사람들이 있다.'는 문제 상황과 관련이 있고, 실천할 수 있습니다. 따라서 문제 상황을 해결할 수 있는 의견입니다.

4주 116~117쪽 독해력 쑥쑥

1. ④ 2. (3) ○ 3. ② 4. 예 물놀이 안전 수칙을 만화나 동영상으로 만들어 누리 소통망에 올리고 주변에 알린다.

1. 이 글에 나타난 문제 상황은 '사람들이 물놀이 사고로 인해 다치거나, 생명을 잃는 일이 매년 반복되고 있다.'는 것입니다.
2. 미숙은 '일 따위에 익숙하지 못하여 서투름.'이라는 뜻입니다.
3. 글에서는 관련 기관의 노력만으로는 매년 일어나는 물놀이 사고를 막을 수 없다고 하였습니다.
4. **〈서술형〉** ❶ 〈문제 1번〉의 문제 상황을 해결할 수 있는 의견을 여러 개 떠올립니다. ⇨ ❷ 그중 현실에서 실현 가능한 의견을 떠올려 씁니다.

4주 118~119쪽 개념 톡톡

★ (6) ○ 1. (1) ○ (2) × (3) ○ (4) × 3. 담벼락 밑, 길고양이

★ 시에서 말하는 이는 혼자 앉아 있는 비비새를 보았습니다.
1. (2) 비비새는 마을에서도 숲에서도 멀리 떨어진 논벌로 지나간 전봇줄 위에 앉아 있다고 하였습니다. (4) 비비새는 말하는 이가 한참을 걸어오다 뒤돌아봐도 그때까지 혼자서 앉아 있었다고 하였습니다.
2. 말하는 이는 자신의 집 담벼락 밑에 혼자 앉아 있는 길고양이를 본 경험을 떠올려 시를 바꾸어 썼습니다.

4주 120~121쪽 독해력 활짝

1. ①, ④ 2. (1) 예 깨끗해진 집 안이 뿌듯하다.
(2) 예 대청소하길 참 잘했지.

1. (나)에 대한 설명으로 알맞은 것은 ①, ④입니다. ② (나)에도 반복되는 말은 나오지 않습니다. ③ (가), (나)의 말하는 이는 모두 어린이입니다. ⑤ (나)는 (가) 시의 전체를 바꾸어 썼습니다.
2. 〈서술형〉 ❶ (가)의 5~6연을 살펴보고 (나)의 ㉠, ㉡에 들어갈 내용을 떠올립니다. ⇨ ❷ ㉠, ㉡에 대청소를 하고 난 뒤 집을 본 말하는 이의 생각이나 느낌을 상상하여 씁니다.

4주 122~123쪽 독해력 쑥쑥

1. (내) 친구 2. ③ 3. (3) ○ (4) ○ 4. ④

1. ㉠은 시에 나오는 '친구'를 가리킵니다.
2. '나'가 벌로 화장실 청소를 한 까닭은 친구와 수업 시간에 장난을 쳤기 때문입니다.
3. '나'는 친구가 서운하지 않게 배려하고 사이좋게 지내려고 노력합니다. 이로 보아 '나'는 친구를 생각하는 마음이 큰 성격입니다. 그리고 '친구'는 장난기가 많지만 친구가 피시방 앞을 기웃거릴 때 공을 차러 가자고 이끌어 주는 속 깊은 성격입니다.
4. 주어진 시를 바꾸어 쓴 시도 원래 시와 같이 따뜻한 분위기입니다.

4주 124~125쪽 개념 톡톡

★ (1) ① (2) ② (3) ① (4) ② 1. (1) 분석 (2) 비교와 대조 2. (1) ㉥, ㉨ (2) ㉡, ㉣ (3) ㉢, ㉧ 3. (1) ○ (2) × (3) × (4) ○

★ (1), (3)은 숲의 여러 가지 쓰임새와 식물이 씨를 퍼뜨리는 여러 방법을 설명하므로, ①의 틀이 알맞습니다. (2), (4)는 대상의 공통점과 차이점을 비교, 대조하므로 틀 ②가 알맞습니다.
1. (1) 심장이나 민들레를 부분으로 나누어 구조를 설명할 때에는 분석을, (2) 사자와 호랑이의 공통점과 차이점, 오페라와 판소리의 공통점과 차이점을 설명할 때에는 비교와 대조의 방법을 사용하는 것이 알맞습니다.
3. (2) 설명하는 글을 쓸 때 필요한 자료는 인터넷이나 신문을 통해서도 얻을 수 있습니다. (3) 설명하는 글에는 확실하지 않은 정보를 넣으면 안 됩니다.

4주 126~127쪽 독해력 활짝

1. ⑤ 2. (4) ○ 3. (1) ㉱ (2) ㉯ (3) ㉮ (4) ㉰

1. 현무암과 화강암의 공통점과 차이점에 대해 알아본다고 하였으므로, 비교와 대조의 설명 방법을 사용하는 것이 알맞습니다.
2. (4)는 (나)에서 설명하려는 '교통수단의 발달과 생활의 변화'라는 내용과 관련이 없습니다.
3. ㉮~㉱ 중 글의 주제로 알맞은 것은 ㉱이고, ㉯는 ㉱의 세부 내용입니다. ㉮는 거문고와 가야금의 공통점이고, ㉰는 가야금의 특징입니다.

4주 128~129쪽 독해력 쑥쑥

1. ① 2. ⑤ 3. ② 4. (1) 예 조선 시대 (2) 예 재료

1. 글에서 설명하고 있는 대상은 호패입니다.
2. 노비의 경우 얼굴색이나 키 같은 신체적 특징까지 호패에 기록되었다고 하였습니다.
3. 호패를 만드는 재료가 신분에 따라 달라 호패의 재질로 신분을 파악할 수 있었습니다. 따라서 ㉠에 들어갈 이어 주는 말로 알맞은 것은 ② '그래서'입니다.
4. 글에서 2~3문단의 중심 내용을 파악하여 빈칸에 중심 문장에 들어갈 말을 씁니다.

4주 130~131쪽 개념 톡톡

★ (1) ○ (2) × (3) ○ (4) ○ (5) × (6) ○ 1. ㉰
2. (나), (다), (가)

★ (2) 여행을 한 뒤 달라진 생각은 기행문의 끝부분에 들어갈 내용입니다. (5) 여행 전의 기대하는 마음은 기행문의 처음 부분에 들어갑니다.

1. 여행하며 보고 들은 내용이 나타난 것은 ㉰입니다. ㉮에는 여행을 하게 된 동기와 기대가 나타나 있으며, ㉯는 전체적인 감상이 드러난 부분입니다.
2. (가)에는 우포늪을 돌아본 전체 감상이 들어 있어 끝부분에 해당합니다. (나)는 우포늪을 여행하게 된 동기가 들어 있는 처음 부분이며, (다)는 우포늪에 대한 견문과 감상이 나타난 가운데 부분입니다.

4주 132~133쪽 독해력 활짝

1. 처음 (부분) 2. ①, ② 3. (다), (라), (가), (나)

1. 글에 여행을 하게 된 동기와 떠나기 전의 설렘이 들어 있어 처음 부분에 해당합니다.
2. 이 글은 제주도를 여행하고 난 뒤의 전체 감상과 다짐이 드러나 있는 기행문의 끝부분입니다. ③~⑤는 기행문의 처음 부분에 들어가는 내용입니다.
3. 기행문의 짜임에 맞게 처음과 가운데, 끝부분에 들어갈 내용과 둘러본 곳의 순서를 정리하면 (다)→(라)→(가)→(나)입니다.

4주 134~135쪽 독해력 쑥쑥

1. ② 2. ① 3. (1) ○ 4. (1) (가) (2) (나), (다), (라) (3) (마)

1. 글쓴이는 경주에 가 본 적이 있지만, 양동 마을은 처음이어서 이번 여행이 기대된다고 하였습니다.
2. (가)는 기행문의 짜임 중 처음 부분에 해당하며 여행을 하게 된 동기가 드러나 있습니다.
3. ㉠은 모양이나 규모 따위를 줄여서 작게 해 놓았다는 뜻입니다.
4. 여행의 동기가 드러나 있는 (가)는 기행문의 짜임 중 '처음'에, 전체 감상이 있는 (마)는 '끝'에 해당합니다. 나머지는 '가운데'에 해당합니다.

4주 136~137쪽 개념 톡톡

★ (1) 간접 (2) 직접 (3) 간접 1. 착하고 배려심이 많은
2. (1) 성격 (2) 직접적 (3) 말, 행동

★ (1) 수진이네 할아버지의 부지런한 성격을 할아버지의 행동을 통해 보여 주고 있습니다. (2) 말하는 이가 직접 윤정이의 성격을 설명하고 있습니다. (3) 대현이의 말과 행동으로 이기적이고 책임감 없는 성격을 보여 줍니다.

1. 준호가 아무렇지 않게 밥그릇을 닦아 내는 행동과 할머니께 한 말에서 준호가 착하고 배려심 많은 성격임을 알 수 있습니다.

4주 138~139쪽 독해력 활짝

1. (3) ○ 2. ㉣ 3. ①

1. 누가 훔쳐 갈지도 모른다고 한 말과 잠잘 때도 돈 자루를 베고 자며 머슴에게 밥을 주는 것도 아까워하는 행동에서 부자가 인색한 성격임을 알 수 있습니다.
2. 글에서 말하는 이가 직접 동우와 승우의 성격을 설명한 부분은 ㉣입니다.
3. 갈 곳이 없고 파트라셰마저 굶고 있는데도 눈 속에서 주운 지갑의 주인을 찾아 준 네로는 착하고 정직한 성격입니다.

4주 140~141쪽 독해력 쑥쑥

1. 원숭이, 오소리 2. ⑤ 3. (2) ○ 4. ④

1. 이 이야기에 등장하는 인물은 원숭이와 오소리입니다.
2. 원숭이가 꽃신을 맘에 들어 하지 않았다는 내용은 글에 나오지 않습니다.
3. 이 글에서는 오소리의 말과 행동을 통해 오소리의 성격을 드러내고 있습니다.
4. 오소리는 원숭이 마을의 먹이를 몽땅 빼앗아 먹으려고 원숭이를 찾아가 꽃신을 신겨 주고 아첨을 합니다. 이러한 오소리의 말과 행동에서 음흉한 성격임을 짐작할 수 있습니다.

축하합니다!
E1권 독해 능력자가 되었네요.
E2권에서 다시 만나요!